创意写作书系

弗雷的小说写作坊

劲爆小说秘境游走

【美】詹姆斯·N. 弗雷
（James N. Frey）◎ 著
许峰 ◎ 译

How to Write
A Damn
Good Novel

A Step-by-step
No Nonsense Guide
to Dramatic Storytelling

中国人民大学出版社
·北京·

“创意写作书系”顾问委员会

献给我在加州大学伯克利分校的学生

致谢

感谢我的妻子伊丽莎白，她为此书付出许多；感谢莱斯特·高恩对我的谆谆教导；感谢约翰·伯杰不断地帮我提出重要问题；感谢圣·马丁出版社的编辑布莱恩·笛福瑞，如此富有耐心与智慧；感谢我的代理商苏珊·泽肯多夫的信任；感谢已故的古尔·德肯特，是他努力推动我着手写作这本书，他是一位极好的朋友。

译者序

创意起于青蘋之末　舞于松柏之间

2014年7月，正是北京的盛夏，中国人民大学出版社和中国人民大学外国语学院联合举办了中国首届创意写作研讨会，这是一次启动中国创意写作之旅的全国性会议。会议展示了北京大学、中国人民大学、复旦大学、北京师范大学、上海大学等国内一流院校在创意写作方面的成果，也介绍了一些地方院校为培养学生写作能力开展的不同程度的创意写作训练。这次会议充实的内容、国际国内专家的精彩发言、与会同行的讨论和会议中的即时创意写作实践，都富有启发性。我们广东财经大学中文系创意写作教学团队的十一名成员参加了这次会议，收益颇丰。

广东财经大学中文系创意写作教学团队致力于以“创意写作”为突破口，对传统的汉语言文学专业进行改革，培养具有创意写作能力的汉语言文学专业人才。在这次会议上，我们团队和中国人民大学出版社商定了五本书的翻译协议，包括《写作是什么——给爱写作的你》、《好剧本如何讲故事》、《弗雷的小说写作坊：劲爆小说秘境游走》、《弗雷的小说写作坊：让劲爆小说飞起来》和《想象性写作教程》。

以下是对五本书的简要介绍。

《写作是什么——给爱写作的你》：这不是一本传统的写作

指南，目的也不是教授写作理论与规范，它是一本写给渴望成为作家的青年写作者的书。作者从自己的亲身经历出发，阐述年轻时的自己为什么能坚持写作，是什么让作者能忍受写作过程中的种种折磨与打击，最终证明写作是适合自己的。这不仅是一本关于写作的书，也是作者内心情感的抒发，因为写作能帮助我们排除各种纷扰，我们走到一起，探讨写作是什么、为什么成为作家是一件值得我们期待的事情。作者以自己研究写作、教授写作以及出版作品的亲身经历告诉我们，写作可以成为一种生活方式，通过研究与评阅别人的作品并进行创作，逐渐形成自己的文学品味，通过写作过上自己想要的生活。

《好剧本如何讲故事》：本书是电影剧本创作的一部实用宝典。作者罗伯·托宾是剧作家、小说家，曾任动作片的项目开发总监，出版过剧本写作方面的畅销书。担任项目开发总监的经历，使他有机会翻阅 5 000 余部剧本，对优秀剧本的标准如数家珍；而剧作家、小说家的身份又令其深谙写作之道，对于如何创作优秀的剧本有深入的思考和独特的认识。这些在实践中总结得出的丰富经验，被作者集于一册，呈现给广大电影从业人员和剧作爱好者，以期大家通过阅读此书，能够了解剧本创作的准则和技巧，以及如何遵循这些准则、利用这些技巧来创作结构完美、对白可信、角色丰满、主题深刻的电影剧本。此书篇幅短小、内容精练、文字简洁，没有过多的分析阐释或交代铺垫，作者开门见山、直截了当地将最核心的观点呈现出来，希望读者能够迅速完成阅读并尽快在实践中加以运用，具有强烈的实用主义色彩。

《弗雷的小说写作坊：劲爆小说秘境游走》：本书强调了波澜起伏、扣人心弦的好小说必须富于戏剧性：通过制造冲突、设置矛盾，使主人公身陷重围、使主人公背水一战，从而在绝境中引爆主人公体内的潜能，在绝境中激发读者的阅读兴趣，使读者迫不及待，使读者欲罢不能。一部戏剧性小说以一个中心人物即主人公为焦点，该主人公面临困境；困境发展成一种危机；这种危机通过一系列纠纷构建成小说故事高潮；在高潮部分危机化解。作者旁征博引，通过对《老人与海》、《圣诞颂歌》、《包法利夫人》、《柏林谍影》、《飞越疯人院》、《洛丽塔》、《教父》等经典文本的分析，生动地说明了这些小说都是用戏剧方式写成的，而且都是非常棒的小说。本书例证丰富，从现实生活中拳王阿里、波士顿红袜棒球队到动漫中的“大力水手”，从家喻户晓的“小红帽”到有深刻政治寓意、历史背景的“加尔各答黑洞”、“英布战争”，作者信手拈来，通过比喻论证将一些艰深抽象的写作学原理，深入浅出地演绎出来。即使不是文学系科班出身的读者，也照样能流畅地将本书读下来，不需要担心要为艰深晦涩的专业术语而挠头。

《弗雷的小说写作坊：让劲爆小说飞起来》：本书介绍了高

级的创作技巧，例如如何让你的故事角色既有活力又令读者难忘，如何加深读者的同情感以及对角色的认同感，如何增添故事的悬疑气氛以吸引读者，如何与读者建立一种契约并保持下去，如何避免犯小说家的七个致命错误，还有最重要的，如何带着激情去创作。书中在设置悬念、构建更清新有趣的人物、吸引读者产生更强烈的同情心、移情人物角色以及认可人物等方面提出了许多实用新颖的方法和技巧。作者不赞同那些让作家备受痛楚的虚假规定，它没有像“圣书”一样设置伪规则。作者关注的是作家对读者所做的承诺——对故事人物、叙述声音、故事类型等的承诺。想要让读者喜欢你的故事，你必须坚持你对他们所做的承诺，在写作的过程中尽量保持真诚、字斟句酌，以确保人物内心所感、确保句子表达的内容完整确切。作家应该扪心自问，你想通过这些句子表达什么内容？其间的细微差异是否是有意为之？本书为所有的作者提供了一个新的视野以及特别棒的建议，以简洁犀利的语言引导作者了解如何写作一本畅销的小说。

《想象性写作教程》：本书作者曾获美国国家图书奖等众多重量级奖项。在她眼中，所有的写作都充满想象力，对生活经验的转化或对词语的思考本身就是一个富有想象力的过程，令人信服的创作是在于写作过程而不在于事实真相本身；在大多数情况中，最为原始的也是颇具想象力的，而这恰恰也是最真实的。本书以想象为核心，努力平衡天赋和技能两者之间的关系，大致以下列方式进行内容编排：前六章覆盖想象技能的五大领域（形象、腔调、角色、背景和故事），讨论的是在任何类型的写作中都适用的或不只与一种类型相关的技巧，并给出运用这些技巧的方式。第七章进入拓展和修改环节，关注的是如何把习作初稿拓展和修改成一个完整的作品。从第八章开始，转入纪实小说、虚构小说、诗歌和剧本四大类文体的专项创作训练中，研究的是四种文体各自的独特之处，以及如何将写出来的东西塑造成这四种体裁之一。每一个关于写作技巧的章节都会从这个技巧的讨论入手，同时在每个章节的开始都配有"快速热身"及"小试牛刀"等训练环节，作者期望通过讨论技巧和提供练习，让学生在投入正式的写作计划之前试验那些技巧，从而使教学指导过程不再令人畏惧，并激发学生的冒险、探索精神。

其中《弗雷的小说写作坊：劲爆小说秘境游走》、《想象性写作教程》、《写作是什么——给爱写作的你》为广东省教育科学研究"十二五"规划2013年度研究项目"'创意写作'学科中国化之道路探索"（项目编号：2013JK070）及广东财经大学2014年度校级"创新强校工程"教研教改一般项目"'创意写作中国化'探索与实践"的阶段性成果。

中国人民大学出版社近几年全力推出了几十本创意写作方

面的图书，呈现在你面前的这五本书是创意写作翻译的又一次集中呈现，它体现了创意写作浪潮由北京、上海向广东的延伸，也标志着创意写作越来越受到“北上广”等各地的重视，隐现创意写作对于当下我国社会发展创新驱动的根基作用。上面五本书既包括了作为创意写作基础理论的想象性写作教程，也包括了小说、剧本等方面具体的创作技能，内容翔实新颖。

创意写作，英文为 Creative Writing，指创造性写作。顾名思义，在中国，创意写作主要指向“创造性”三个字，它与“创意思维”和“创新性”紧密相关。因此，可以将创意写作视为创意思维训练和创新性能力培养的路径，可以为当下中国创新驱动、打造中国声音提供解决之道。目前，中国人民大学出版社率先大量引进的创意写作国外资源为中国创意写作的发展提供了基础材料，北京大学、中国人民大学、复旦大学、北京师范大学、上海大学、广东财经大学、广东外语外贸大学都在开展不同层次、不同角度的创意写作教学与研究工作，以“北上广”为牵领的中国创意写作浪潮初见端倪，未来发展空间广阔。

创意写作的展开路径大体有五个方面：一是解决传统汉语言文学专业忽视写作能力培养的状况；二是发展写作学科，培养写作学硕士、博士等高层次人才；三是培养人才的创新思维和创新意识；四是为文化创意产业发展培养基础人才；五是在科研上研究创新的基本动力。在具体发展中，创意写作人才的培养不仅仅是大中学校的任务，也是各级各类创意文化企业的任务，更是全民应有的意识，说到底，创意写作之创新精神关涉全体国民，创新不是一个人、一个群体的呼吁，而是整个民族发展的驱动力量。

“广东财经大学创意写作书系”包括翻译和专著两个系列，此次出版的五本译著即属此系列。具体工作由田忠辉教授负责，成员由许峰、代智敏、李子、王燕子组成。其中参加翻译系列工作的还有田忠辉教授带领的广东财经大学英语翻译专业硕士研究生杜瑾、刘曼玲、刘丽娟、周静、刘旭丽、吴梦瑜、魏小杰、林珺丽莎。小组成员积极努力，如期完成了这一工作。在翻译的过程中，大家析疑解难、合力同心，所有的成果都凝聚着集体的力量，这个学术共同体在建设中国创意写作的道路上团结一致、孜孜以求，快步走在探索中国特色创意写作的路上。

这一工作的开展与完成，还要特别感谢上海大学的葛红兵教授，他不仅给我们输送了认真诚恳的弟子许峰博士，还全力将我们推荐给中国人民大学出版社，给了我们感谢中国人民大学出版社费小琳、杜俊红、陈曦三位老师的信任、支持和督促的机会。在翻译工作的整个过程中，费小琳老师在默默工作中坚持的理想主义精神、杜俊红老师严肃亲切的敬业态度、陈曦老师认认真真的工作要求，都给了我们深刻的印象。所有的朋友都聚集在建设中国创意写作的路上，积薪拾柴，创意未来。

创意写作的开展需要打破僵化的思维、突破各种禁忌和藩篱，需要主体性的唤醒、探索思想和语言的无限可能性，需要全民族的热忱建设和发出华夏的声音。创意写作将为解决文学教育问题、提升全民思维能力、打开创新意识提供驱动力量。创意写作训练是一个突破口，将为全社会未来发展提供创新意识和创新人才。围绕中国梦和中华民族的振兴，创意写作将使我们的汉语母语甦生，使我们的民族气质和地域灵性呈现。我们相信，基于中国根脉、以发出中国声音为动力的创意写作必将有一个辉煌的未来。

译者

2015 年 2 月 28 日

前言

一部“劲爆小说”应该是扣人心弦的，要做到扣人心弦，小说就必须富于戏剧性。一部戏剧性小说具有如下特点：它以一个中心人物即主人公为焦点，该主人公面临困境；这个困境发展成一种危机；这种危机通过一系列纠纷构建成小说的故事高潮；在高潮部分危机化解。欧内斯特・海明威的《老人与海》，约翰・勒卡雷的《柏林谍影》，肯・克西的《飞越疯人院》，弗拉基米尔・纳博科夫的《洛丽塔》，马里奥・普佐的《教父》，查尔斯・狄更斯的《圣诞颂歌》，以及居斯塔夫・福楼拜的《包法利夫人》，这些小说都是用戏剧方式来写的，而且都是“劲爆小说”。

弗吉尼亚・伍尔芙的《达洛维夫人》是一部经典小说、一部精心制作的艺术作品，值得阅读。但是，它不是以戏剧性小说的形式写的。詹姆斯・乔伊斯的《尤利西斯》是 20 世纪英国文学的标志，同样也不是以这种形式写的。如果你想像詹姆斯・乔伊斯和弗吉尼亚・伍尔芙那样避开戏剧形式，创作实验性、象征性、哲理性或心理分析的小说，那么这本书就不适合你阅读。如果你寻找的是一本关于传统戏剧性小说的学术批评类著作，这本书同样不适合你。这是一本关于戏剧性小说写作技巧的指导性书籍，而不是其他方面的。

目录

1 所有的秘密就在于“人物”

“人物”为何物?

如果你不能塑造出在读者心目中活灵活现的人物形象，那你就不可能创作出令人拍案叫绝的劲爆小说。人物形象对于小说家的重要性就像木料之于木匠、砖石之于泥瓦匠一般。人物形象是小说的基石，小说的构思就来自于此。

小说中的人物形象无论如何不能等同于现实中有血有肉的活人本身，原因之一在于读者期望读些与众不同的东西，而不是平淡乏味的内容。读者要求小说中的人物形象比现实中的活人更英俊潇洒或更丑陋不堪、更冷酷无情或更风度翩翩、更睚眦必报或更宽宏大量、更英勇无畏或更懦弱无能，如此等等。小说人物形象有着更奔放的激情和更难以压抑的怒火。他游历过的地方更多，战斗经验更丰富，成长历程更加跌宕起伏；他还有更丰富的性爱经历以及性爱以外的许许多多东西。人物形象身上的所有一切都更丰富、更鲜明。即使他是平凡的、迟钝的、招人讨厌的，但在平凡、迟钝和招人讨厌中，他也应该比现实生活中的自我原型更加不同寻常。

现实生活中的人是反复无常、执拗、刚愎自用的。上一分钟还兴高采烈，转瞬之间就垂头丧气，有时情绪变化像呼吸一样频繁。相反，小说人物也许是复杂的、暴躁的甚至是难以捉摸的，但是他依然可以认识、理解。如果不是这样，读者会把书合起来束之高阁。情况就是这样。

两种类型的人物不尽相同的另一个原因是，由于篇幅限制，小说人物较为粗线条，正如小说中的生活比现实世界来得简单。

如果你想写今天吃早餐的时候身边发生的所有事情，倘若你想把所有那些感性印象、思想以及跳跃在你脑海中的形象都包含进去，那你能写很多。然而，在描绘一个小说人物的生活时，小说家必须只选择那些承载着人物角色动机、进程、决策能力的印象、思想、反应、感受、知觉、欲望等诸如此类的信息，因为这些会影响人物在小说中面对困境时的应对方式。

这一选择的结果就是小说人物的形成过程。尽管他们很逼真，却并不是完整意义上的活人、真人。小说人物是对现实人物的抽象描写，他展现现实生活中原型的本质，但并不是原型的全部。

小说人物的类型

小说人物有两种类型。较简单的一类称为扁平人物、纸型人物或非立体人物。这类角色被用来跑龙套。他们“靠边站”，说一两句台词和对白，然后就退场了。他们是侍者、邮递员、看门人、酒吧间招待、门童。他们可能五光十色，也可能平淡无奇；他们也许安静平和，也许激情洋溢。不过，他们总是边缘性的，绝不处于中心位置，读者对他们的兴趣也转瞬即逝。他们是容易被贴标签的人物，这类人物似乎只有一种特征：或贪婪，或虚伪，或懦弱，或奴颜媚骨，或欲火中烧，等等。他们也许能让读者在短时间内为之一振，或是醍醐灌顶，或是捧腹大笑，但他们没有力量长时间吸引住读者的注意力。他们没有深度，读者并不会深究他们的动机或内心冲突——疑虑、担忧和内疚。只要使用非立体人物，你在小说中就只能把他们用作次要角色。但是，当把他们用于主要角色时，比如首要的反面人物，那么戏剧创作就会向通俗剧的方向转化。

另一种宽泛的人物类型称为圆形人物、丰满型人物或三维立体人物。在小说之中的所有主要人物都必须是这一类型的，即使反面人物也不例外。圆形人物是较难归类和形容的，他们有着复杂的动机和冲突的欲望，充满激情和抱负。他们犯下滔天罪行，也承受着极度痛苦；他们充满焦虑、苦恼和无法排遣的不满。读者能强烈地感觉到，他们在小说开始之前就已长期存在，并经历了丰富、充实的生活。读者渴望与这一类型的人物亲密接触，因为他们值得认识和了解。

如何塑造精妙的圆形人物，或者说如何扮演“造物主”

乔治·贝克在《戏剧技巧》（1919）一书中主张，伟大的戏剧依靠对复杂角色的准确理解和确切展现。因此，对于剧作家而言，古希腊德尔斐神庙里那句古老的神谕“认识你自己”就变成尽可能深入地“认识你笔下的人物角色”。

请注意，你应如何做到“尽可能深入地”认识你笔下的人物？

拉约什·埃格里[①]在他最重要、最卓越的著作《编剧的艺术》(1946) 中，把圆形人物描述为三维立体的。他把第一维称作生理学之维，第二维称作社会学之维，第三维称作心理学之维。

人物的生理维度包含身高、体重、年龄、性别、种族、健康状况等。例如，吉姆·索普[②]如果天生是畸形足，他会怎样？假设玛丽莲·梦露[③]是平胸，她的情况会有什么不同？假如汉克·阿伦[④]拥有的是一双消瘦无力的手臂，又会是怎样一

① 拉约什·埃格里 (Lajos Egri，1888—1967)，生于原奥匈帝国的埃格 (今匈牙利境内)，十岁就写出了一部三幕剧。1908 年，埃格里移民美国。“一战”期间，他加入纽约的左派戏剧组织，成为导演和剧作家，后于 20 世纪 30 年代创立写作学校。埃格里同时也是一位新闻工作者，并曾撰写过电视剧本。——译者注。除特殊说明，本书脚注均为译者注。

② 吉姆·索普 (Jim Thorpe，1888—1953)，一名不可思议的全能运动员，获得过奥运会五项全能和十项全能冠军，他还参加过美式足球、棒球大联盟以及篮球比赛。

③ 玛丽莲·梦露 (Marilyn Monroe，1926—1962)，美国 20 世纪最著名的电影女演员之一。曾主演了《绅士爱美人》、《愿嫁金龟婿》和《娱乐至上》等影片，成为当时最耀眼的女明星。她动人的表演风格和正值盛年的陨落，让她成为影迷心中永远的性感女神，成为性感符号和流行文化的代表性人物。1999 年她被美国电影学会选为百年来最伟大的女演员之一，排第六名。

④ 汉克·阿伦 (Hank Aaron，1934—)，美国职业棒球运动员，棒球名人堂成员，得过 3 次金手套奖，并且 21 次入选明星赛。

副光景呢？芭芭拉·史翠珊[①]的音量如果很小呢？很显然，如果这些假设成立的话，不但他们的职业选择会受到影响，而且他们所形成的气质也将大不相同。长得弱小的人是不太可能像彪形大汉那般发号施令的。漂亮或丑陋，矮小或高大，消瘦或肥胖——所有这些生理特征都影响着小说人物的成长，就像现实中的人受生理特征影响一样。

社会塑造我们的性格，是基于我们的容貌、身高、性别、体型、肤色、疤痕、畸形、异常、反感的东西、姿势、举止，以及抑扬顿挫的声音、轻缓柔和的呼吸、易于出汗的习性、紧张敏感的举止，等等。一个娇小纤弱、小鸟依人的女孩，拥有一头金发和蓝蓝的大眼睛，相比她那尖鼻、弱视的姐妹，伴随她成长的将是完全不同的期待——关于她将从生活中获得什么优势的期待。要塑造一个全面的圆形人物，你必须完全了解人物的生理特征。

埃格里所说的三维立体人物中的第二个维度是社会。小说人物处于什么样的社会阶层？他成长于怎样的邻里环境？进的是怎样的学校？拥有什么样的个人政见？如果有宗教信仰，又是哪一种？他父母对性、金钱、上进的态度是怎样的？他享有

---

① 芭芭拉·史翠珊（Barbra Sreisand，1942— ），一位多才多艺的艺术家，从流行歌曲到古典歌曲，从歌坛到舞台剧、影坛，她都有了不起的成绩，这位1942年出生的犹太女歌星有着得天独厚的优美声线，自幼就显示出喜剧表演的才能和良好的音乐天赋。

的自由是很大还是一点没有？家教是严格的还是不严格的，又或是适中的？他拥有的朋友是多还是少，朋友又是哪一种类型的？一个籍贯是美国密苏里州的农家男孩，可能从小在纽约西班牙裔聚居的哈莱姆社区长大。要完全了解一个小说人物，你必须彻底追溯他性格特征形成的源头。不管是现实生活中的还是小说中的人物，人物性格都是由其成长的社会环境塑造的。小说家只有了解人物成长的动态性，才能全面理解人物的动机。小说人物的动机所产生的冲突和叙事张力，是小说能够成功吸引读者注意力所必备的要素。

埃格里的第三个维度是心理，这是生理和社会维度的产物。在心理维度范畴内，我们能看到恐惧症、躁狂症、情结、畏惧、拘谨、内疚、渴望、幻想等。心理维度包括诸如智商、天赋、特殊能力、健全的推理、习性、暴躁、敏感性、天资等。

写小说并不需要你成为一名心理学家。你不一定非得读弗洛伊德[①]、荣格[②]或《亲爱的艾比》[③]，你也不一定要能够区分

① 即西格蒙德·弗洛伊德（1856—1939），知名精神病医师、精神分析学家，犹太人，精神分析学的创始人，被称为“维也纳第一精神分析学派”。著有《梦的解析》、《精神分析引论》、《图腾与禁忌》等。被世人誉为“精神分析之父”，20世纪最伟大的心理学家之一。

② 荣格（Jung，1875—1961），瑞士心理学家和精神分析医师，分析心理学的创立者。早年曾与弗洛伊德合作，曾被弗洛伊德任命为第一届国际精神分析学会的主席。

③ 《亲爱的艾比》，美国作家菲利普斯创立的恋爱问答专栏。

精神病患者和精神分裂症患者。但是你必须了解人类的本性，理解人们所言、所行背后的成因。试着将全世界作为你的实验室。当你的办公室秘书要辞职时，请询问她原因；朋友想离婚时，请倾听她的苦衷。为什么你的牙医会从事这一职业，既给病人带来疼痛，又必须整天在病人的嘴里搜寻？我的想法是他可以通过这种途径挣钱，但是他现在所赚的钱还没超过购买牙医设备的花费。如果你礼貌地询问、带着同情心倾听，你听到的将会是十分震惊的消息。许多小说家坚持写日记或画素描以记录遇到的人，这是个非常不错的主意。据说格雷斯·麦泰莉[①]就是用家乡的朋友和邻居为原型来刻画她的小说《冷暖人间》中的人物。她所认识的每一个人都很容易判断出谁是对应的那些放荡、活跃于床上的人物。她失去了一些朋友，受到一些邻居的漠视，但是却创造出了精妙绝伦的小说。

使小说人物栩栩如生

如果你希望自己的小说不仅在销量上大获成功，而且在情节上扣人心弦、令人回味无穷，你就必须刻画动态的人物而不是静态的人物。一个小说人物可能丰满的同时又太消极、脆

---

① 格雷斯·麦泰莉（Grace Metalious，1924—1964），美国小说家。

弱。那些不能处理他们所面临的困境、一味地逃离冲突、一味地退却和放弃抗争的小说人物对你没有多大用处。他们是静态的，大多数会过早地死去，甚至还未来得及出现在你小说的页面里，就把你的整部小说弄得面目全非。戏剧、小说需要动态的人物角色，充满激情和浓烈的情感，诸如色欲、嫉妒、贪婪、野心勃勃、爱、恨、报复、怨恨等。尽量使你的小说人物，至少是主要人物，富有情感的爆发力。

源自传记虚构的角色塑造

在《小说是写人》（1983）这本书中，罗伯特・B・派克[①]给出了以下建议：“写作就像一场激烈的网球比赛，如果你懒懒散散的，那么在引起一片嘘声之前你已经失败了。所以，在下笔之前，为你要写的每个角色做好功课（花一周的时间思考下一步怎么做）。”

“做功课”指为主要角色制造背景故事，事实上，就是为他们写传记。对大多数作者来说，包括所有的写作初学者，为角色写传记是小说创作中最必要也最重要的一步。

假设你想创作一部谋杀悬疑小说，但你现在还没有想出

① 罗伯特・B・派克（Robert B. Parker，1932—2010），美国作家，主要的作品是冷硬派的犯罪小说。主要作品有《古乌伏手卷 》、《迷途羔羊》。

情节，甚至还没有任何想法。那么，首先你需要一个凶手，这个凶手是小说中的恶棍和反面人物，在谋杀悬疑小说中，故事以恶棍实施阴谋开始，在某种程度上，恶棍应该是你的小说的“作者”。小说中的恶棍的阴谋决定着小说中其他角色的设置。

比如说，你想写一个谋杀了丈夫的女性角色，因为其丈夫沉迷赌马并贩毒来赚取赌资，从而使整个家族蒙羞。该女性角色是谁、长相如何，你一无所知，但她一定是位聪明的女性（不然她就不是一个有价值的反面角色）。你知道她运用她的谨慎细心狡猾地策划着犯罪。此外，她的狡猾程度决定着侦探破案的难易程度，所以你必须将她刻画得聪明点。

你需要做的第二件事就是找人来破案，这个人就是主人公。可能你暂时没有合适的人选，你该怎么做呢？

在这类小说中有许多不同类型的侦探。主人公可以是一个硬汉（如菲利普·马洛维①、萨姆·斯佩德②），或者理性的人（如夏洛克·福尔摩斯③、赫尔克里·波洛④），一个有天赋的

① 菲利普·马洛维，美国侦探小说家雷蒙德·钱德勒写的《长眠不醒》中的一位私家侦探。

② 萨姆·斯佩德，美国侦探小说家达希尔·哈米特作品《马耳他之鹰》中的角色，与菲利普·马洛维被认为是传统冷硬派私家侦探的同义词。

③ 夏洛克·福尔摩斯，19 世纪末英国侦探小说家阿瑟·柯南·道尔在《福尔摩斯探案集》中塑造的一个才华横溢的侦探形象。

④ 赫尔克里·波洛，英国著名女侦探小说家阿加莎·克里斯蒂塑造的侦探形象，是其诸多作品中集中的主角。

业余者（艾勒里·昆恩[①]、马普尔小姐[②]），或者是被卷进谋杀案的局外人（达夫妮·杜穆里埃的《蝴蝶梦》[③] 中的德·温特夫人第二）。

主人公类型由你想写的小说类型决定。侦探小说带给读者许多愉悦，读这类书就像看一个伟大的思想家在工作，另外还能感受到在谋杀和阴谋中无辜人士被抓的迷惑和恐惧，或者观看到铁血侦探在肮脏的城市穿越泥泞、躲过枪林弹雨，艰难前进。

如果你酷爱某一类型的侦探小说，这就是你应该要写的题材。写你喜欢读的书。但如果用第一人称刻画一位铁血侦探则是一个特例。这种文体很难写，尤其对初学者来说。如果写得不好，就变成了模仿，更糟的是，作品会变成一部滑稽的仿作。

不管你选择哪种类型，你的创作都要遵循一定的传统模式，如果你曾广泛阅读并且非常熟悉这类著作的规矩，那就再好不过了。一些卓有成就的作家可能会背离传统创作方式，但

---

① 艾勒里·昆恩，曼弗雷德·班宁顿·李和弗雷德里克·丹奈这对表兄弟合用的笔名，美国推理小说代名词，他们堪称侦探推理小说史上承前启后的经典作家，开创了合作撰写推理小说成功的先例。艾勒里·昆恩也是其小说中的主人公，其角色本身就是一位侦探小说作家兼超级侦探。

② 马普尔小姐是“侦探小说女王”阿加莎·克里斯蒂小说中的一位乡村侦探。

③ 《蝴蝶梦》是达夫妮·杜穆里埃的成名作，发表于 1938 年。小说以第一人称“我”的口吻，向人们描述了发生在曼德利庄园里的一段扑朔迷离的故事。

是他的读者能谅解这种行为，初学者就不能享受此等特权，所以我告诫初学者要在公认的模式下创作。

你非常喜欢读厄尔·史丹利·加德纳[①]、艾德·麦克班恩[②]、罗斯·麦克唐纳[③]、约翰·迪肯森·卡尔[④]、罗伯特·B·派克的作品，打算写一本专业侦探类小说，但是你对自己笔下要刻画的侦探形象却毫无概念。既然专业侦探类小说是你最爱的侦探小说类型，那你最好从取名开始着手，这样你的脑海里就能有一个形象。

不用取一个侦探常用的名字，比如罗克福德、哈珀、阿彻、马洛。你要写些新鲜的、不同的东西，但不能太标新立异。不要取一个像斯坦姆斯基·赛扎克这样的名字，这个名字可能会吓跑你的读者。要在公认的形式内创新，就如建筑师可以改变角落、台柱、屋顶的倾斜度，但要始终保留客户所需要的卧室、浴室和厨房。

给你的侦探取一个不像侦探的名字，比如波伊尔·米歇

---

① 厄尔·史丹利·加德纳（Erle Stanley Gardner，1889—1970），美国侦探小说家，律师。代表作品有《梅森探案集》、《佩瑞·梅森》。

② 艾德·麦克班恩（Ed McBain，1926—2005），美国作家，编剧，本名是萨尔瓦托雷·隆比诺。作品有《恨警察的人》、《最后的旋转》。

③ 罗斯·麦克唐纳（Ross MacDonald，1915—1983），美国侦探小说家，主要作品有《爱恋与罪孽》、《儿子出走之后》。

④ 约翰·迪肯森·卡尔（John Dickson Carr，1906—1977），美国推理小说家，以密室题材的构思见长，一生共设计出五十余种不同类型的密室，故有“密室推理之王”的美誉。主要作品有《燃烧的法庭》、《天鹅绒里的恶魔》。

尔，怎么样？比其他的都好。如果你不能想出一个名字，电话簿里面有许多可供你参考。

侦探形象一般为中等年纪、为人强硬、头发斑白并且经验丰富。为了创新，你可以将“波伊尔”刻画为一个年轻的新手，甚至在体型上也不必将他塑造成传统的侦探形象。小说中的侦探形象一般身材高大、英俊结实、盛气凌人。我们笔下的“波伊尔”身材单薄、瘦长、中等身高，看起来非常精明。他有一双大大的、黑黑的、有洞察力的眼睛，有一点驼背，而且行动缓慢。比方说，他相信穿着得体可以给人留下好印象，所以总打扮得干净利落。他还有一口大大的、闪亮的牙齿。他态度随和，安静，思维缜密。大多数人会认为他是一位学者，但他只有 26 岁，单身。

那么波伊尔·米歇尔的形象来自哪里呢？主要由你正在读的那本书的作者虚构而来，随着这本书的不断成形，选出与大部分侦探角色对立的特征——这些特征几乎已经成为原型。波伊尔可以是一位年长、肥胖的酗酒者。总之，两个主要因素决定你在小说创作中对人物特征的取舍：打破原型，精心编排。

如拉约什·埃格里所说，精心编排是指塑造具有鲜明对比特征的角色的艺术，“这些角色就是所谓的工具，他们相互合作，成为一个精心策划的作品。”换句话说，不要将你小说里的所有角色都刻画得贪婪或野心勃勃。角色间应该相互衬托。

如果一个角色学习非常勤奋刻苦，另一个必定懒惰成性。如哈姆雷特优柔寡断，缺乏决断，习惯多想但不善行动，他沮丧、抑郁、自怜；他的陪衬角色雷欧提斯却是一个强硬的行动派。

另一个考虑因素是，角色是由作者塑造的，所以作者应始终想小说中自己塑造的角色之所想。你应该自问是否想跟这些角色合作。你觉得这些角色有趣吗？你可能不愿与波伊尔·米歇尔合作，因为他是一个年老的、肥胖的酗酒者。你可能更喜欢他是一个年轻的、身材单薄、聪慧过人的人。可以，因为这是你的书。如果你被自己塑造的角色所吸引，并且很喜欢他们，那么读者也同样可能喜欢他们。

至今，我们已经确定了波伊尔的某些生理维度并暗示了一些他的社会维度，我们开始着手刻画他的外貌特征，但还是很模糊。我们需要看穿这些角色，真正地了解他们，因为他们是小说中的明星。

由于波伊尔不是一个典型的侦探形象，我们可以先提问：波伊尔是怎样开展工作的呢？可能他会像其他年轻人一样，跟随他父亲的脚步。这是发挥你的想象力的起点。设想他的父亲是一位有名的侦探：“大杰克”米歇尔，他是达希尔·哈米特塑造的萨姆·斯佩德的原型。大杰克是一位强硬、冷酷、精明的人，一个不惜手段保护客户利益的人。他不止一次违法服务于他说的“更高正义”。波伊尔认为他的父亲是一个恶棍，但同时又很崇拜他。他像他父亲一样坚信正义，同时相信文明依存于对法律的尊重。

为波伊尔选择这样的父亲可以促使他达到大杰克的高标准。人们经常拿他的父亲与他对比。父亲的宿敌甚至通过使他这个儿子变得悲惨来报复父亲。尽管大杰克已经不在了，但仍然能影响波伊尔。为角色写传记的时候，应寻找能影响故事中角色的情感和行为的因素。圆形人物角色像现实中的人一样有过去，过去也会一直伴随着他。

我们现在只有一个关于波伊尔·米歇尔的粗略形象。我们应该将他刻画得有血有肉。我们可以用第三人称或第一人称为其写个完整的传记，类似下文所写的传记不是一个故事。像这样的传记，有点散漫地给出一些没有深挖的人际关系，暗示某些未曾解释的事件等。这种传记不会百科全书式地展现角色。角色的传记是为了让作者更好地了解角色生活而做的简单介绍。它只对作者有用。以下是用第一人称写的关于波伊尔的传记：

> 我叫波伊尔·本宁顿·米歇尔，生于1月1日，26岁，我不只年纪小，看起来也很年轻，这使我在我的职业生涯中很难获得尊重，但我已经学会接受这种情况。
>
> 对我来说，重要的是做好工作。这是从我的父亲那学来的：如果你收了别人的钱，你就应该全力以赴。

我的父亲叫“大杰克”米歇尔。这是我的另一个困扰。去实现父亲创造的神话很难。

波伊尔·本宁顿是我的母亲给我取的名字。她出生于上流社会家庭，是弗蒙特·本宁顿家族的一员。那是一个非常古老的家族。1955 年，母亲的叔叔们在旧金山被谋杀，但警察不能破案。大杰克成了救星。他在 24 小时之内逮到了凶手，也在 24 小时之后娶到了我母亲，赢得了母亲的芳心。他对女人很有一套。女人很喜欢他这种有大男子气概的男人，据说我的母亲也是如此。当然，我父母婚后的生活极其不幸福，就如同被囚禁在加尔各答的“黑洞”① 土牢里一样。

导致所有不幸的主要原因是大杰克坚持应该由他来承担家里的开销，尽管事实上母亲的钱已经多得足以买下摩纳哥公国。大杰克过着优越的生活，然而问题是，当你习惯于出入以劳斯莱斯汽车代步、习惯于在温暖的巴哈马群岛度假过冬的时候，什么样的生活才称得上是优越的生

---

① 1756 年，孟加拉国王道拉为驱赶英国殖民者，攻占了加尔各答，并俘虏了一批英国人。在道拉的军队占领加尔各答后的翌日凌晨，英国殖民军军官克莱武和沃尔森就率领一支 3 000 人的队伍从马德拉斯出发，重新攻占了加尔各答。当他们打开那间关押着英国俘虏的只有一扇小窗、潮湿阴暗的房门时，发现被俘的 146 名英国人中有 123 人因窒息死亡。消息很快传到了英国，在英国国内引起了轩然大波，被征服者的“野蛮”与“残忍”引起了国民强烈的愤怒。那间关押英国俘虏的小牢房被称为“加尔各答黑洞”。因为此事件，“黑洞”成为牢房的代名词。不过根据史学家后来研究，该事件中死亡人数仍有争议。

活？我真不知道孩提时我拥有的是怎样的生活！尽管我对音乐缺乏节奏感，既没有灵敏的耳朵也没有如虾般灵巧的触感，妈妈还是一直希望我学习拉小提琴。我前前后后更换了9位不同的小提琴老师。妈妈总是责怪他们没有教好我拉小提琴的技巧，可是我从来没有想过自己要当一名音乐家。直到我大约15岁的时候，妈妈终于放弃了让我通过学小提琴成为音乐家的音乐之路。那之后她决定让我长大以后成为一名银行家，但我根本不想听到类似的话了。不，先生，从我长大、能明白事理的那时候起，我就渴望成为一名私家侦探。即便如此，其实从孩提时起我就已固执得无可救药，当我想得到某样东西的时候，我会一直不懈地追求，直到我得到为止。

妈妈说我绝不可能成为一名私家侦探，因为我不像我的父亲大杰克。她和我之间的争斗就像当年的英布战争①一样激烈，但信不信由你，我没有非得像父亲大杰克·米歇尔那样在生意上游刃有余的必要。他的做派并不是我的做派。如果我对他亦步亦趋，那我在做这一行的头半年就

① “英布战争”指1899—1902年间，英国同荷兰移民后裔布尔人建立的两个共和国——德兰斯瓦尔共和国和奥兰治共和国——为争夺南非领土和资源而进行的一场战争，又称南非战争、布尔战争或第二次布尔战争。英布战争是帝国主义时代到来的一个主要历史标志。在帝国主义时代，各列强首先对已分割的殖民地要求重新分割，继之以战争手段进行疯狂的争夺。

已破产了。

我想要成为私家侦探的最终目的不是为了当一名卑贱的暴徒恶棍，而是为了成为一位具有科学技能的犯罪学家。上大学的时候，我学习了很多化学、物理、数学、警察学、法医学和计算机编程的知识。我会说，我是一位犯罪侦查领域的专家。大杰克在 1982 年被枪杀的时候，我刚刚从研究生院毕业。那是我生命中一段忙碌的时光，那时我正准备结婚，且刚完成了一个鼻中隔偏曲手术，并正在看房子准备购买。事情发生后，我把所有这一切都搁到一边，介入并接管了大杰克的生意……

现在，我们已经写出波伊尔早年生活的简略情况。对于像波伊尔这样重要的角色，这个生平概述大概要占 10～50 页的篇幅——描述波伊尔从出生一直到他开启故事主线这一段的经过，中间还穿插了他的家族历史。

那么现在有一个问题，为什么波伊尔传记中这些特别的要素会被选中？正如前文所提及的，你应当选取那些在故事中承载着人物情感与行为的元素。波伊尔被塑造成年轻人的模样是因为这样他会青涩害羞；他的外表可能令其他角色不把他当回事儿，这使他在开展工作时更加困难。你应该总是给你的角色设置障碍。波伊尔的孱弱会使他难以达到父亲那样的声望；他依然健在的母亲也在极力促使他放弃这份事业，这是另一个障碍。但他会顽强地坚持他的目标。为了弥补波伊尔体质上的孱弱，他被赋予了其他优点：他聪慧、好学。与此同时，父亲的突然离世迫使他在还没有做好准备之前就不得不接管生意，从而打乱了他的婚礼安排，这是又一个障碍。

波伊尔·本宁顿·米歇尔本可以拥有一个完全不同的家庭背景并呈现出一种完全不同的性格。比方说，他的父亲可能是一个坏警察，波伊尔可能正在努力地挽回家族的名誉；波伊尔的本事可能是凭直觉获知真相而并非依靠后天习得的科学性；他的母亲可能贫病交加，而波伊尔可能正为偿还母亲所欠下的账而四处奔走。波伊尔被塑造的方式完全决定于作者是如何感知这一角色的。只要最终的结局令人信服，那么就会产生无限多的可能性，立体化的性格会令人物在故事中表现出色。

在你动笔创作小说之前，如果能在传记中做一项彻底的工作，你将非常了解你笔下的人物角色——至少像了解你的兄弟姐妹和至交好友那样。做一份囊括所有应该体现在传记草稿里的元素清单是不可能的，但你必须考虑到任何影响角色的动机和行为的细节，包括一切影响到他的社会关系、习惯、目标、信仰、迷信、道德判断、痴迷等，所有支配着选择和行为的因素。你必须知道角色在政治、宗教、友谊、家庭各个方面的看法，了解他的希冀、梦想、爱好、兴趣，清楚他在学校学习了些什么，哪些科目他喜欢、哪些科目不喜欢。他的偏见是什么？他会向精神病医师隐瞒什么？他会自我回避什么？你必须能够回答任何人可能向你提出的关于你笔下角色的一切合理问题，好像角色就是某个你熟悉的个体。

你可能在完成人物传记之后，依然没能搞清楚所有你应当了解的情况。假设主人公捡到一个钱包，里面有1万美元，他是会据为己有还是归还失主？如果他身染重病，他会厌世自杀吗？如果他可以从他那着了火的房子或寓所里抢救出一件东西，那件东西会是什么？如果你不知道这类问题的答案，就需要在开启故事之前进一步挖掘人物的性格。

与人物面谈—— 一个了解他的简单方法

如果你在创造了人物角色之后，还是不能在脑海中想象出他们行走、交谈、呼吸、流汗时的样子，或许你可以尝试一下精神分析法。让人物坐在沙发上，然后开始询问他们一些问题。以下是这次诊疗会如何进行的可能流程：

> 作者：我仍然无法理解的是，波伊尔，为什么你要继续这个生意？令堂大人——你的至亲，并不希望你这么做，并且你的未婚妻也要你务必远离这项生意，不然就取消婚礼。
>
> 波伊尔：我可以把这个告诉你，因为你是我的作者，但我不会告诉其他任何人。我感觉我必须向自己证明些什

么，这就是我留在这一行的真实原因。当然，有时候我也会害怕，但是我不能逃跑，如果逃跑的话我就会觉得自己不是一个男人了。

作者：我明白了——在某种程度上你是在跟令尊大人竞争。要来根香烟吗？

波伊尔：你知道我不吸烟的。

作者：没错，我记得。让我想一想，听说你把票投给了共和党人。

波伊尔：那不是真的！我是出于家庭原因而被登记为共和党人的。我基本上是不问政治的。如果你想知道真相的话，那就是我经常不参加投票。要么忘了，要么就是觉得无论谁当选都并不重要。不管怎么说，我甚至连议题也不甚了了，并且所有的候选者在我看来都是一样的。

作者：跟我聊聊你的未婚妻吧！

波伊尔：萨莉是一个非常好的女孩儿——青春靓丽，能说会道，惹人喜爱。

作者：你跟她睡过觉吗？

波伊尔：这算什么问题？

作者：如果我要了解你，那获知你的经历、态度等其他方面的情况是很重要的。

波伊尔：我从未和她睡过觉。

作者：那你曾经和任何别的女孩睡过觉吗？

波伊尔：读大学时，有一个差点儿就睡了。

作者：差点儿？

波伊尔：是的，嗯，差点儿。

作者：把事情的经过告诉我吧！

波伊尔：这只能是你我之间的秘密……

此刻，你已经和你的角色进行了彻底的交谈，他应该已成为你的挚友或死敌。一旦你感觉到这种紧密关系，你就能自信地把他写出来。

角色的核心是主要志趣，以及应该如何找到它

主要志趣是人物的核心推动力，是他身上所有力量和驱动力的总和。对于波伊尔·本宁顿·米歇尔来说，他的主要志趣一定是对付犯罪活动。这根源于他的家庭历史，根源于他与他那充满男子气概的父亲之间的竞争，根源于他对证明他那势利的母亲是错误的渴望，以及根源于他想通过营造精神力量来克服自己生理缺陷的欲望。他也有强烈的正义感和将一项工作做好的热切期望。不仅如此，他还有想成为此领域艺术家的愿望。不仅仅是成为一名艺术家，而且还要成为一名伟大的艺术家。波伊尔的主要志趣是——**成为私家侦探行当中的莱昂纳多·达·芬奇**。

如果遇到挫折，他是否会动摇？不太会。他会不会因为受到贿赂、遇到威胁、碰上艰险而摇摆不定？没门儿！如果他被殴打或射杀，他会洗手不干吗？不会！因为他要竭力证明自己，他会在内心深处找到坚持下去的力量。挫折失败可能减缓他的步伐，但他会继续回到自己的任务中来。他将能处理好作者设置给他的犯罪活动，否则他就去死。这种坚定的决心使波伊尔成为一个坚强的角色。尽管作者将在他前进的道路上设置无数的障碍，但他有充足的干劲和力量，从而能自始至终坚持下来。他的确是一部激动人心的小说中有价值的主人公。

一位坚定的主人公，是一部激动人心的小说的脉搏

一部激动人心的小说，其中的主人公必须是坚定不移、雄心勃勃以及固执任性的。这里有一些例子：

海明威的《老人与海》中，老人桑提亚哥 84 天都没有捕到一条鱼。他颜面扫地，穷困不堪，他非凡的男子气概正受到冷嘲热讽。他必须要抓到一条大鱼，否则他就去死。

普佐的《教父》中，迈克·科里昂是当之无愧的主角中的又一个例子。迈克的父亲被枪杀了，他挚爱的家正处于围困之中。父亲的仇敌已经将这个家推到了灾难的边缘。迈克·科里昂不惜冒一切风险去拯救家人。

狄更斯的《圣诞颂歌》中，斯克鲁奇是一个被消极情绪主宰的主人公。他是一个性格暴躁的守财奴，顽固不化、容易发怒，时刻准备守护他的财产不受损失，而他也的确做到了。他拒绝所有靠近他的人，拒绝所有欢乐和幸福，甚至拒绝了所有的超自然力量。他会成为一个有价值的主人公吗？答案是肯定无疑的。

克西的《飞越疯人院》里，麦克默菲又如何呢？他想以自己的方式行事，抗拒护士长的操控。他说自己是"疯狂的公鹅"，要么取得疯人院的控制权，要么在抗争中死去。

还记得《柏林谍影》里的利马斯吗？他在再三斟酌"铁幕"① 的政策后假装叛逃，以此离间、陷害东德的间谍头子。为了履行职责、完成使命，他顾不上叛变的耻辱，顾不上一无所有的幻灭，顾不上一切，直奔故事高潮的那一刻。

亨伯特·亨伯特——纳博科夫的《洛丽塔》中的主人公，

---

① 铁幕（Iron Curtain），原意封锁某国家或某集团，后转为某国家或某集团对自己实行铁桶似的禁锢。该词出现于第一次世界大战后。当时的法国总理克列孟梭在众议院宣称："要在布尔什维克主义周围装上铁幕。"1946 年 3 月 5 日，英国前首相丘吉尔在美国富尔顿城威斯敏斯特学院的演说中，变"铁幕"一词之意而首先公开使用，攻击苏联和东欧社会主义国家"用铁幕笼罩起来"，"从波罗的海边的什切青到亚得里亚海边的里雅斯特，一张横贯欧洲大陆的铁幕已经拉下。这张铁幕后面坐落着所有中欧、东欧古老国家的首都——华沙、柏林、布拉格、维也纳、布达佩斯、贝尔格莱德、布加勒斯特和索菲亚。这些著名的都市和周围的人口全都位于苏联势力范围之内，全都以这种或那种方式，落入苏联影响之下，而且越来越强烈地为莫斯科所控制。"此后，西方国家用"铁幕国家"来蔑称社会主义国家。

一个下流的男人，却拥有不竭的热情支配着他每一个清醒的时刻。他必须拥有洛丽塔的爱，否则他就活不下去。

福楼拜的《包法利夫人》中的爱玛·包法利，一个被困于外省乡下小镇的绝望的浪漫女子，嫁给了一个无趣的乡村医生。她一定要找寻浪漫，即使用自己的名声来冒险也在所不惜。这种热情正是成就伟大经典所必需的。

你无须舍近求远去寻找文学史上的其他例子。想想你曾经喜欢过的任何一个人物，会发现在他的内心深处总有一股可界定的、强烈的支配性激情。看看笛福所写的摩尔·弗兰德斯，看看她对美好生活不懈的追求；看看托尔斯泰笔下的安娜·卡列尼娜以及她对渥伦斯基的爱情；读读梅尔维尔的亚哈船长和他要杀死白鲸莫比·迪克的欲望。考察任何一部不朽的、激动人心的小说，你都会发现中心人物身上有着如火般燃烧的激情，支配着他们每一次的行动。

尽管人物是被强烈的激情所控制的，他的行为活动依然受一系列错综复杂的动机制约。以波伊尔·米歇尔为例，他希望能超过已去世的父亲，也希望能向母亲证明自己。他追求正义，他喜欢读侦探小说，他被应用科学深深吸引。所有这些动因结合起来，形成了他的主要志趣——成为私家侦探行当中的莱昂纳多·达·芬奇。他的对立角色的行为活动同样也是出于一系列错综复杂的动机。

如何避免写出陈腐的人物

陈腐的人物是指那些太过于常见、太众所周知的人物：一个拥有金子般心灵的妓女、一个说话慢条斯理但却心狠手辣的南方小镇治安官、一个冷峻强横而又柔情似水的私家侦探。如果你收看网络电视，几乎在每一类节目中都能看到这样陈腐的角色。

当你说一个人物属于“约翰·韦恩”型的话，言下之意是指，他属于由约翰·韦恩所塑造的银幕固定角色类型。同理也可用到“伍迪·艾伦”型的角色上。读者和观众喜欢对角色分门别类，这是你无法阻止的。不论你是否愿意思考你的角色属于何种类型，读者总是会这样去想。但是，一个似曾相识类型中的新鲜角色和陈腐角色之间还是有千差万别的。

最早被书写下来的一批小说，其中代表之一就是“小说之父”笛福的《摩尔·弗兰德斯》。摩尔是一个快乐的角色——精力充沛、朝气蓬勃、充满生命力。她是一个无政府主义者，一个小偷，一个妓女，一个重婚者。她犯了乱伦罪，但她却拥有诚实的品格和具有感染力的幽默感。她属于什么类型的人物呢？让我们称她为“一个令人同情的反社会的人”。两百年以后，另一个令人同情的反社会的人物出现了。他是一个无政府主义者，精力充沛、朝气蓬勃、充满生命力。他是一个小偷与骗子，并且他拥有颇具感染力的幽默感。他的名字叫“希腊人左巴”[①]。摩尔和左巴都属于同一种类型，但都不是陈腐人物。原因何在？因为他们都蕴含着深厚的复杂性和深度并各具特色。

托尔斯泰的《战争与和平》中的皮埃尔，是一个在拿破仑战争泥潭中艰难跋涉、追寻意义的天真的人。他优柔寡断、容易动摇，但他依然尽力尝试去彻底理解那些令人迷惑的哲学思辨。皮埃尔和百年之后罗伯特·斯通[②]的越战小说《亡命之徒》中的康弗斯，两者有着相同的特征，除了康弗斯身陷 20 世纪 70 年代的美国毒品文化的淤泥之中。这些人物是相似的，但它们不是用复印机弄出来的复制品。他们之所以相似，是因为现实生活中的人物和小说中的虚构人物，两者的特征有“凝结”在一起的趋势。

如果你遇到一个讲话文绉绉的知识分子，比如一位研究中

---

① 出自《希腊人左巴》，希腊作家尼科斯·卡赞扎基斯创作于 1946 年的一部小说，后由迈克尔·柯杨尼斯执导，改编成同名电影，赢得了 1964 年的奥斯卡金像奖最佳女配角、最佳美术指导和最佳摄影三项大奖。

② 罗伯特·斯通（Robert Stone，1937— ），当代美国著名作家，作品常涉及政治、媒体、暴力犯罪以及反映美国和受美国影响的地区（如拉丁美洲、越南）的生活。他的小说《亡命之徒》获得 1975 年美国国家图书奖，后又被拍成电影《谁能让雨停住》，风靡一时，《时代》杂志将其列为 1923—2005 年最佳 100 部英语小说之一。《亡命之徒》于 1974 年出版，故事以越南战争为背景，主人公约翰·康弗斯是一名美国记者，越战期间离妻别女到越南采访。在片中，康弗斯和他的朋友希克斯卷入到一场毒品交易中。

世纪道德剧方面的专家，他不可能是一个贪婪的商人或是一个在三角台球桌旁的诈骗犯。我们预想聪明伶俐的小姑娘不会对法西斯政治感兴趣；预想喜欢编织和烘烤饼干的慈祥老祖母们，不可能在地下室里制造炸弹。读者对于角色的阅读期待是基于上面所说的习俗惯例以及作者所提示的关于角色的蛛丝马迹。当你看到在西部片中，一个头戴黑帽的持枪战士从屏幕上出现时，你会自言自语：“啊哈，这是个坏蛋。”如果你看到的是一个英俊、稚气未脱、胡子刮得干干净净的小伙子，手枪皮套里插的是一枝花而不是一把枪，边走边挥动着套索，你会说：“啊哈，这是个多么好的年轻人。”

当读者对人物所有的阅读期待都得到满足，当人物身上不存在任何矛盾冲突和令人惊奇的东西，你已整出了一个老套死板的人物形象。如果你可以设计出一个老态龙钟的老太太其实是个退休警督，一个书呆子背地里居然热爱拳击，那么这就意味着你已经迈出了打破陈腐成规的第一步。

举一个关于硬汉侦探的刻板形象的例子。假设你想塑造这样一个人物并取名为布洛克·米歇尔。他符合侦探这一人物类型的所有要求：足智多谋，粗犷阳光，如铁钉般强硬，嘴里嚼着火柴棍，内心却柔情似水；他喜欢小猫咪；他不善于理财，一个人生活；他有些怪才并偏爱黑麦威士忌；他像蓝色哔叽外套收集棉绒那样收集金发。

于是你就创造出了一个完美的人物模型。菲利普·马洛、吉姆·罗克福德、山姆·史培德、大陆侦探社——侦探这一角色类型已经有上千种化身，那么现在我们还有什么可做的？

罗伯特·B·派克以“斯宾塞”这一人物打破了以往侦探角色的模式化套路。斯宾塞酷爱美食烹饪，并正和一个叫苏珊·西尔弗曼的女心理学家热恋。通过消除主人公帕克内心的软弱迷乱，唐纳德·E·维斯雷克以“理查德·斯塔克”为笔名进行的创作也是对陈规的一大突破。米基·斯皮兰[①]笔下的麦克·哈默也是如此。你可以令布鲁克沦为一个沉迷于赌博的瘾君子，或者令一位前任牧师为丧失自己的信仰痛心疾首。

然而，需要警惕的是，尽管你可以打破陈规旧习，但这种打破必须是和人物在生理机能、社会属性以及心理特点上合乎逻辑的成长紧密结合，而不能是为了哗众取宠、耸人听闻而草草炮制出来的。假设布洛克·米歇尔和一个年仅十三岁的幼女发生性关系，那你的确是彻底突破传统，甚至你可能已经将这种恋童癖当作是他生理机能、社会属性和心理特点自然发展的产物，但是读者很可能觉得这种行为应当受到谴责。

你可以赋予他另外一些读者能够接受的劣迹和恶习，只要

---

① 米基·斯皮兰（Mickey Spillane，1918— ），美国侦探小说作家。他的畅销书均是描写暴力和放荡的性生活的。1947 年出版了第一部小说《陪审团》，书中塑造了一个侦探麦克·哈默的形象，这个人物也出现在他的其他作品中。斯皮兰叙事、状物栩栩如生，他的作品可读性十分强。

他在努力地改过自新。比如，他盗窃成瘾，但同时他也正在和这种偷盗的癖好做斗争。举个例子，这种盗窃癖可能是由于一些童年创伤所造成的——他可能曾被冤枉偷东西而遭受过严惩。读者也许会对这样的人物产生怜悯之心。

塑造一个鲜活、不刻板的人物形象，其秘诀在于将人物身上那些读者没能预料到在同一个角色里会见到的特质糅合起来。你可以在小说中勾勒出阿维尼翁[①]的玛利亚修女，同时也是一个漫画爱好者；你可以在根本意想不到的地方表现柔情和怜悯，比方说，在一个纳粹党的突击队员身上；你可以让一位拥有最细腻情感的艺术家有卑鄙的意识倾向。每一个人都是矛盾、冲突的结合体。读者会很高兴在你所塑造的角色身上看到这些矛盾的存在。当然，其中的诀窍在于不能太过火。然而，什么是过火并没有客观标准，你只能问自己：“这可信吗？”

像所有的人物特性一样，矛盾冲突应该为故事的主旨服务，而且它们应该对人物的情感和行为产生影响。

能力最大化原则，以及“他真的好吗”测试

人有时会做一些蠢事。他们会说错话，会忘记事情，会在不适宜的时间乱买东西。他们会错失良机，会对摆在眼前的东

① 阿维尼翁是法国东南部城市，沃克吕兹省首府。

西视而不见。实际上，他们做不到在任何时候、任何状况下都全力以赴。这些就连小说中虚构的人物也不例外。

所有小说的中心人物，包括正面的和反面的，在对付作者所设置的障碍上，任何时刻都应该表现得机智和高效。假设你的女主角在暴风雨肆虐的夜晚独自一人待在一座阴森恐怖的房子里，灯光突然消失了。“那是什么?”突然从阁楼上传来一阵古怪的响声。那是人的呻吟声、呜咽声以及链条碰撞时发出的叮当声。你肯定已经在蹩脚的惊悚电影里面看过这幕场景无数次了。女主角找到一根蜡烛并点燃它。但是如果她走到靠近阁楼的任何地方（在蹩脚的恐怖电影里她经常是这么干的），你就违反了能力最大化原则。凡神志清醒和明白事理的人，无论有多么好奇，都不会爬上那些通往阁楼的楼梯。这种特别老掉牙的桥段属于路人皆知的“阁楼上的白痴”系列。千万别这么干！

能力最大化原则并非要求人物时刻保持在极限状态，而是要求人物处于自身力所能及的最大范围当中。一个在戏剧场景里表现得软弱无力的人物并不意味着他在日常生活里也是软弱可欺的。你笔下的人物即使只是个体重 90 磅的胆小鬼，但如果他清楚什么是他所追求的，并且竭尽所能地去争取，他依然是个强而有力的戏剧角色。聪明的作者总是会在人物的人生路途上不断地铺设障碍。如果没有让人物尽其所能地去克服这些障碍，就会被认为是在欺骗读者。如果角色已全力以赴，读者绝不会问出这种问题：“嘿，笨蛋，你为什么要亲自用花园里的水管灭火，而不是打电话叫消防队？”

处于巅峰状态的主角们通常会用尽一切可行的办法，凭借他们特殊的才能去实现目的。让我们假设你描绘了一个非常羞涩的人物——艾伦，一个绝望地爱着同一间办公室里工作的男人，一个有妇之夫。她沉迷于对他的幻想当中。她渴望着一声从未得到过的来自他的问候。这个男人的名字叫凯文，他甚至没有觉察到她的存在。在艾伦的能力范围内，她绝不会走到这个男人跟前，说：“嗨！凯文！老东西，你说今晚下了班，咱俩一起去滚床单如何？”她甚至没有勇气和这个男人谈工作之外的事情，即使是在讨论工作，她说话时也是唾液四溅、面红耳赤。

现在假设你已经以办公室里一个“真实的”人物为原型描绘了艾伦。她的名字叫苏·艾伦。她已经和“真实的”凯文共事了22个春秋，并且在这22年里的每一天，她都在心里惦念着他，但关于此没说过一个字，没采取过一次行动。正如人们常说的，这就是真实的人生，远比小说来得离奇；但实际上又都什么也没发生，既没有戏剧性的场面，也没有情节。要是这样的话，读者就会抓狂，希望有些事情会发生。一个真正的故事应该是指向明确的，它不断演进、不断发展。当面对困难和挑战时，小说中的人物总是会竭尽所能去应对，绝对不会有所保留、坐以待毙，除非这是特意为了营造喜剧效果。

的确，对一个腼腆的角色来说，其可供选择的行动范围是有限的。在正常的意识状态下，她不太可能作出一些出格的举动，但她依然有成千上万种可能可以选择。而你，作为故事的讲述者，一定要对她在力所能及的极限范围内所有可能作出的选择进行取舍。让我们假设现在你走进书房，认真思考人物艾伦可能会做的一切事情。下面是一些可能发生的情形：

她也许会给凯文塞张便条，把一切告诉他。

她也许会有个朋友出面帮她。

她也许会伪装声音给凯文打电话。

她也许会采用“自信心确立训练法”进行自我训练。

她也许会去礼仪学校参加培训。

她也许会找出凯文经常去泡的那家酒吧，然后到那里去，装作不期而遇的样子。

她也许会找出凯文去做礼拜的那间教堂，然后加入唱诗班以接近他。

她也许会碰到凯文的妻子，如果对方和她交朋友，会发生什么？

她也许会在聚会上喝醉，然后变得很勇敢，甚至干蠢事出洋相。

她也许会在办公室里搞小动作，并因此被任命为凯文的秘书。

当在自助餐厅里经过凯文身边时，她也许会突然变得很激动，把咖啡溅到他的新领带上。

这份列表并没有列举完。任何时候，当人物面临新的困境时，你都可以像这样制作选项表。如果人物感到极度痛苦，那就更好了。

能力最大化原则应当是一直存在的，但绝不能过度使用。在任何情况下，你必须问问自己：你深思熟虑所写的是否符合他人的期盼？假设你把威尔弗雷德·弗罗佩特塑造成一个温文尔雅的书商形象。他戴着眼镜，五十来岁，即将退休，有着学者的风度。我们假设你把他卷入一次轻微的交通事故中。对方司机是个带有大蒜口臭的无礼的外国人，他把威尔弗雷德推来推去，还打掉了他的眼镜。你不能肯定在这种情况下，威尔弗雷德会作出怎样的反应。你重读了他的档案，仔细斟酌了各种可能性。你希望他是足智多谋、果敢决断的，因此你让他去车尾行李箱，拿出卸胎棍，把对方司机殴打至死。“这有什么错?”你也许会问。这是一种恣意、果断的行为，并揭示出他性格中新的一面。但问题是，这样一种行径会令他不能通过读者的考验。这样暴力的反应只会在那些荒诞派、讽刺性的作品里才是恰当的。没有什么比失真的人物更能让一本书被很快地丢进垃圾箱，因为读者会说："威尔弗雷德·弗罗佩特绝对不会那么干，至少我所认识的威尔弗雷德·弗罗佩特不会。"

这并不是说像威尔弗雷德这类的人物在身负重压时，就不会被逼着采取这样一种激烈的行为。换言之，如果威尔弗雷德被描绘成是在军中服役，他可能会变成像《约克军曹》[①] 中那样的战争英雄。事实上，约克自己一开始也拒绝参战，因为他是一个和平主义者。

如果你能在众多聪明而又机智的角色中深思熟虑地为笔下人物进行挑选，你的故事将会大获成功。

你主宰着笔下人物的生死，请扪心自问这两个关于人物极限的问题：他是否具有生命的气息？他做点什么才能更活灵活现、更惊人耳目、更妙趣横生？

无论何时，你的主人公都面临这些要紧的决定。再问问自己关于能力极限的两个问题：第一，他真的会这么干吗？第二，他还能做其他更加巧妙、更戏剧化、更令人惊奇或者更有趣的事情吗？

问这两个问题可以帮助你将主人公的发挥水平保持在极限状态。一个处于极限状态的人物总是能给读者呈现出完美的演出。

---

① 《约克军曹》(*Sergeant York*)，一部于 1941 年 7 月上映的美国电影，讲述了一个来自农村的小伙子约克，在"一战"中成为战争英雄的故事。

但是，如果你的主人公能力不足怎么办？没关系。他会尽其所能地去表现，并且同样让人感到震惊和愉悦。比方说，你塑造了一个在沙漠中坠机的商务经理，他没有在沙漠中求生的技能。换句话说，他是一个在极端状况中力量微薄的角色。到了此刻，他的生活中不再有冰镇的伏特加马丁尼酒，这位经理这时才意识到自己所面临的困境。他笨手笨脚而且是徒劳无功地尝试掘地汲水、挤榨仙人掌的汁液、捕杀蜥蜴取食……不一而足。这些都可以写成一个极端扣人心弦的故事，只要这位经理在他有限的生存技能范围内竭尽所能。

同样也是在极限状态范围里，人物在不断地变化、成长、发展。人物不是由混凝土制成的，他们是有血有肉的生命个体。哪有活物是一成不变的？而促成他们转变的东西就是小说家的魔杖——冲突！这正是下一章的主题。

2 杰作生成三大妙法：制造冲突！制造冲突！制造冲突！

制造冲突的缘由及妙法：让人物活起来

小说家要创造一个栩栩如生的人物，其中一个办法是使用白描手法。

> 琼斯是一个骨瘦如柴的高个子伐木工人。他眼窝深陷，眸子里仿佛藏着怒火，一头乱蓬蓬的乌发散乱地覆在额头上。颈上青筋暴出，突兀如绳，一块锯齿状、丑陋的、在提灯幽黄的光线下看似发亮的疤痕爬满了他的脸颊。他实在是个让人望而生畏的幽灵。

通过白描手法，你或许可以令人物的视觉形象浮现在读者的想象中，但只有当他经历考验且被迫作出决定并采取行动时，这个人物才会活起来。

假设三个正在巡逻的士兵来到了一条冰冷的溪流前，那是他们必须渡过的地方。此时正值 11 月，寒风凛冽，并不是一个趟水过河的好日子。中士同意给大家十分钟的时间休息。一个士兵宁愿渡过溪流，涉水过河后在对岸休息；另外一个士兵选择利用休息时间向上游走去，找一个水浅一点的地方渡河，他放弃了休息，但起码能少接触些冰冷的河水；中士则在靠近溪流的这一边休息，等到时间到了之后再趟过河去。

这几个人作出的选择并不重要，但他们各自处理问题的方式反映出他们的性格。第一个士兵偏向于克服不快，第二个士兵将另辟蹊径去避开不快，第三个士兵则尽可能地把不愉快事情的发生往后推迟。每个角色面对挫折、障碍、矛盾时作出的反应都使他与众不同，这证明了他的特征，并使他能真实而独特地存在于读者的印象中。

思考一下下面这个精心构建的让你昏昏欲睡的场景：

“早上好！”他睡眼蒙眬地说。

“早上好！”她说。

“早餐准备好了吗？”

“没有。你想吃什么呢？”

他想了想：“火腿和鸡蛋怎么样？”

“好呀！”她欣然同意。“你想鸡蛋怎么做？”

“单煎一面的那种吧！”

“好的。需要吐司吗？我用一些抹了蜂蜜的麦麸面包，做了一份美味的吐司。”

“我要尝一下。”

“好呀。你想要怎样的吐司？”

“烤得金黄的。”

“要黄油吗？”

“嗯……好呀。”

“果酱呢？”

“好啊。”

他坐下来看报纸，而她在一旁做早餐。

“报纸上有什么新鲜事儿吗？”她边做边问。

“红袜棒球队[①]昨晚连输了两场比赛。”

“太糟糕了！”

“现在他们的胜率已经比第一名落后了八场。”

“天啊，糟糕透了！你今天有什么事儿要去做吗？”

“不知道，还没想好呢。你呢？”

“要去修剪草坪。”

“我来干吧。”

“修剪完草坪后，我们去公园吧，中午在那儿野餐。”

“好啊……”

读这部分场景的时候你有什么感受？毫无疑问，无聊透顶！这幕场景看似有模模糊糊的现实感，但是因为缺乏矛盾冲突，人物形象都是扁平、沉闷、了无生机的。我们并不了解这两个人物，他们除了和蔼可亲以外，没有做任何事情来彰显个性，没有通过任何行动来向读者展示内心世界。他们单薄、无趣、死气沉沉，因为他们所做的一切就只是在谈话。他们根本没想其他。他们只是在交谈而不是在对话。绝大多数读者无法

① 即波士顿红袜，是一支隶属于美国职业棒球大联盟东区的球队。

长时间忍受这种“话痨体”。如果没有矛盾冲突初露端倪，读者将会抛弃这个故事。在《小说的技艺》（1977）一书中，威廉·C·诺特是这样表述的：“如果没有了由矛盾冲突所产生的紧张和刺激，即使世界上最精心设计的情节也是不起作用的。”

冲突乃是人物的欲望与其所遇到的阻碍之间的激情碰撞，这种阻碍来自于自然界、他人、精神世界、外太空以及其他维度的空间，来自于人物自身，来自于任何可能的地方。我们通过人物在这些阻力面前的反应来认识人物，冲突把它们凸显出来，呈现在我们面前。读者最感兴趣的是人物而非情节，是人物赋予了情节意义。故事就是斗争，一个人物如何进行斗争就揭示了他是谁，是何方神圣。

想一想下面的场景，两个人物之间不只是在对话，而且在发生冲突：

> “圣诞节快乐，舅舅！上帝保佑你！”一个欢快的声音喊道。
>
> “呸！”斯克鲁奇说，“骗人的鬼话！”
>
> “圣诞节是骗人的鬼话？舅舅！”斯克鲁奇的外甥说道：“您不是这个意思，我敢肯定！”
>
> “我就是这个意思！”斯克鲁奇说，“圣诞节快乐就是鬼话。你有什么权利快乐？你有什么理由快乐？你已经穷

得够可以的了。”

“得了，”外甥快活地回答，“您有什么权利郁闷？您有什么理由郁闷？您已经富得够可以的了。”

“呸！”斯克鲁奇又说，“胡扯！”

“别这么暴躁，舅舅。”外甥说。

“我还能怎么着？”舅舅回答，“当我生活在像这样一个到处是傻瓜的世界里，圣诞节还能快乐？去他的圣诞节快乐！什么是圣诞节？对你来说只不过是一个需要清账却身无分文的日子；一个发现自己又老了一岁却片刻都不曾富有过的日子；一个盘点账目，发现一年12个月里每一笔买卖都折了本的日子！要是我能够按意愿行事，”斯克鲁奇咬牙切齿地说，“每个嘴皮子上挂着‘圣诞节快乐’的蠢货，都应该跟他家的布丁一起炖了，然后埋在土里，拿冬青树的树枝穿心而过！”

“舅舅！”外甥恳求道。

“小兔崽子！”斯克鲁奇声色俱厉地说，“你去过你的圣诞节，我过我的。”

“过节？但您根本就不像过节的样子！”

“拜托让我就这样独自待着好吧……”

（摘自狄更斯的《圣诞颂歌》）

当斯克鲁奇和他的外甥各自表述自己的观点以说服对方

时，人物的个性特征便跃然纸上了。我们可以看出，斯克鲁奇就是一只吝啬得一毛不拔的铁公鸡，而他的外甥则是个喜欢及时行乐、游手好闲的家伙。

人物性格的冲突往往产生自坚持与抵抗之间的抵牾：鬼魂们企图唤醒斯克鲁奇，而斯克鲁奇不愿意接受开导。麦克默菲一心想要解放疯人院，但护士长拉契特竭尽全力维持现状。亨伯特想一直占有洛丽塔，但洛丽塔极力从他身边逃离。桑提亚哥老人想把大鱼钓到手，但大鱼更喜欢在大海里畅游。

当人物有各自不同的目标并都致力去实现时，冲突就会产生。如果利益巨大并且双方都不肯妥协让步，你就写成了高质量的戏剧。

使对抗的力量均衡

没有人愿意花钱去看一场拳王阿里和一个跛脚侏儒之间的较量，也没有人想看一部讲述大力水手如何将一个手无缚鸡之力而又命运多舛的小屁孩打得落花流水的动画片。这里没有竞赛，也没有争斗，不会有故事，甚至连可以彼此一较高下的对手也没有。小屁孩不会对大力水手构成任何威胁，他不会激起大力水手的智谋、技艺、决心和勇气。大力水手不需要借助菠菜的力量就可以打败小屁孩。只有当他面对与他势均力敌的对头布鲁托时，大力水手才真正受到考验。

《大力水手》这部动画片的作者和组织拳王阿里与拳王乔·弗雷泽同场对决的发起人一样，都遵循了“相反相成”的原则。在《如何写剧本》（1983）一书中，雷蒙德·赫尔以“M＋G＋O＝C”的公式[①]解释了“相反相成”的原则：

主要人物＋目标＋对抗性因素＝冲突

恰当的对抗性因素要求对头用与主人公旗鼓相当的力量和智谋，攻击主人公每一次试图解决困难的努力。

恰当的对抗性因素不需要主人公必须是一个纯洁、高尚、果敢、直率的骑警杜德雷[②]，也不需要对头必须当一个严酷、残忍、冷血的斯奈利·威帕拉什[③]。杜德雷的对手也可以是一个同样纯洁、高尚、果敢、直率的家伙。实际上，越是这样，小说效果就越好。

恰当的对抗性因素不需要反面人物都必须像恶棍一般。对头也许正如主人公那般英勇，但这不意味着他们身上那些卑鄙可耻的特征需要被清除。它们有其存在的价值。关键在于，它们并不是恰当的对抗性因素所必需的。

---

① M，main character，指主要人物；G，goal，指目标；O，opposition，指对抗性因素；C，conflict，指冲突。

② 出自《骑警杜德雷》（*Dudley Do-Right*），又名《王牌骑警》，1999 年上映的一部美国喜剧影片，由休·威尔逊导演。

③ 斯奈利·威帕拉什，《骑警杜德雷》中的反派人物，斯奈利和杜德雷从小就是性情迥异的死对头，即使长大后杜德雷变成了威风的骑警，斯奈利仍然是无恶不作的大坏蛋。

恰当的对抗性因素需要的是那些目标明确、血肉丰满、个性鲜明的人物。

假设你已经决定要讲一个名叫黛西·安乐格的年轻女子，与她公司里的性别歧视者男尊女卑的态度做斗争的故事。头号的性别歧视者正是这家公司的老板海勒姆·费格。如果你设计出来的海勒姆是一个蠢笨的尼安德特人①，发怒咆哮着说“女人就该乖乖待在家里”，你的小说将以一个闹剧的形式黯然收场。

但假设反过来，海勒姆从前曾把女性提拔至公司的高级管理层，却不料她们后来跳了槽，被海勒姆纽约的竞争对手挖了墙角。但海勒姆没有意识到是他的管理团队性别歧视者的不良态度迫使女职员们跳槽，他认为自己是讲求实际工作能力、注重实效的。再比如，海勒姆也许正暗恋着黛西，如果他把黛西擢升至公司管理层，他将更紧密地与她搭档工作，但他想避免出现这种情况。他觉得自己对她来说太老了，因为他已经 83 岁，而她才 29 岁。也许他是对的。

换句话说，当你塑造反面人物时，要赋予他们合乎逻辑、合乎情理的观点，要赋予他们读者能够理解的见解，甚至于要

① 尼安德特人，又译尼安德塔人，简称尼人，常作为人类进化史中间阶段的代表性居群的通称。因其化石发现于德国尼安德特山洞而得名。尼安德特人是现代欧洲人祖先的近亲，从公元前 20 万年开始，他们统治着整个欧洲和亚洲西部，约在公元前 2.8 万年消失。

同情他们。雷蒙德·赫尔就曾这么说过："冲突的力量并不仅仅是正面英雄人物力量的产物，同时也是反面人物力量的产物。"在一出精彩的戏剧中，正面英雄和反派头子都同样被充分激活，甚至是相互搭配、交相辉映的。

让你的人物处于熔炉之内

"熔炉"，根据摩西·马力文斯基在《戏剧学》（1925）中的说法，指的是"锅或炉"，戏剧作品在其中"煮沸、烘烤、炖煨或者蛰伏"。他强调，"这是一出戏剧的组织结构中最为重要的元素之一"。意指把熔炉当作一个能够将人物聚集在一起像物品一样加热的容器。熔炉就是让他们保持相互冲突、彼此对抗状态的纽带。拉约什·埃格里表示，被捆绑在一起的人物们"不会在中途停战并撤离"。

如果继续对抗的动能比从对抗中逃跑的动能更为强劲，那么熔炉中的人物就会留下来。

假如你的读者喜欢问一些像"为什么这个骑士不直接回家并且忘记屠龙那件事？"或者是"如果莉莲不喜欢哈罗德，那为什么她不和莫蒂默一块儿去霍博肯？"之类的问题，你心里就应该明白：将小说人物置于熔炉中的尝试已经失败了，经不起读者推敲了。

假设你想写一部关于一个男人不喜欢自己工作的小说：疯

狂叫嚷着的客户，老板是个疯子，薪水少得可怜，办公室烟雾弥漫，充斥着雪茄的味道。那么在读者脑海里产生的第一个问题就是："为什么这位老兄不炒老板鱿鱼?"

因此主人公一定要和工作绑定在一块儿。你不得不把办公室设计成一座"熔炉"，否则就没有什么故事好发生的了。可能这个男人家里有10个小孩正嗷嗷待哺，并且他再也找不到一份和目前这份工作有相同报酬的差事。这里就有个考验人物的熔炉：必需性。

反过来，假设你打算写一个被好管闲事的邻居弄得不胜其烦的年轻女子，那么读者会问的第一个问题就是："为什么她不干脆搬走了事呢?"因此你就得问问自己，考验人物的熔炉在哪里？或许她很难再找到其他公寓了；或许她现在住的地方租金低廉且她囊中羞涩无力搬家；或许此前她已经两次被房东退租，她不想再被扫地出门东奔西跑。诸如此类的原因，一定有充分的动因让她继续待在这里，那些动因构成了严酷考验的连接物。

缺少了严酷考验去控制人物，就不会有矛盾冲突；丧失了矛盾冲突，也就不会有戏剧了。无论任何时候，把你笔下的人物置于熔炉中，置于严酷的考验中，反派头子和正面英雄出于他们各自的原因，会坚持不懈地持续争斗，直至最后有一个终极的了断——举行婚礼、战斗胜利、财产分割、海盗葬身海底，诸如此类。

当你设计人物时，要把他们串联在一起整体考虑。这里有几个角色处于熔炉之中的例子：

● 处于冲突当中的一对父子将继续冲突，因为他们被爱和孝道紧紧联系在一起，并且双方都不能轻易地离开。爱是他们的熔炉。

● 丈夫和妻子会持续争吵，直至他们死亡或离婚分开。他们被婚姻、爱情和责任紧紧联系在一起。婚姻就是他们的熔炉。

● 同一间牢房里的两个狱友，如果他们之间起了冲突就会一直持续下去，因为他们中没有一个人能按照自己的意愿离开对方。他们被狱室捆绑在一起，这是他们的熔炉。

● 同样的道理对于在同一艘救生艇上的人们来说也一样成立：既然不能离开，他们就处在一个熔炉中。

● 军队里的士兵无法摆脱他的长官，无论他有多么憎恨他的长官。这是部队给他的熔炉。

下面是几个更加具体的例子：

● 在《飞越疯人院》中，被禁锢在精神病院里的麦克默菲决心成为人们眼中的“公鹅疯子”。他无法离开疯人院，因为法庭颁布命令迫使他待在那里。他必须成功，否则就会被迫害。护士长决心迫害他。她是病房里的统治者，并且没有人可以在她的地盘里成功挑战她。她人生的全部意义就在于对这家精神病院实行绝对管控。麦克墨菲和护士长被绑定在一起，那家精神病医院就是他们的熔炉。

- 在《老人与海》中，有一条大鱼栽在老人桑提亚哥的鱼钩上。他不能让它溜走，因为他需要捕到一条大鱼来证明他的男子气概，与此同时，大鱼也不能逃脱，因为鱼钩钩在嘴里。他们被锁定在一场你死我活的斗争中，这就是他们的熔炉。

- 在《教父》中，科里昂的死敌已动手攫取科里昂家族的大部分权力。迈克·科里昂必须阻止他们，否则就会一败涂地。没有一方能逃之夭夭，没有一方能速战速决。双方都必须战斗到最后一刻。他们对各自代表的家族所肩负的责任就是他们的熔炉。

- 在《包法利夫人》中，爱玛嫁给了一个她所憎恶的男人。在那个年代，离婚是不可能的。她被死死地禁锢在他身边，婚姻就是他们的熔炉。

- 在《洛丽塔》中，亨伯特迷恋着洛丽塔。她是个孩子，并且因为无处可逃，必须待在他身边。他的爱情和她的依赖就是他们的熔炉。

内心冲突及其必要性

当人物的意愿和发自他内心的阻碍相抵触的时候，比如当责任感与恐惧感、热爱与愧疚、野心与良知等相抵触的时候，内心就会产生冲突。小说中的人物也会像现实中的人一样经历内心冲突。现实生活中的人经常会犹豫不决，被自己的优柔寡断折磨，他们会感到极度内疚、恐惧、担忧、疑惑，会产生各种念头。凡此种种，皆是内心冲突的表现。对读者而言，内心冲突使小说人物既令人感兴趣又令人印象真切。无论什么时候，如果读者对一个人物产生深刻的共鸣，那一定是因为人物本身处于内心激烈冲突的痛苦挣扎中。一个小说人物可能正经历文学史上最哀婉动人的困难，可是如果他没有内心冲突，作者从读者那里期待获得的唯一情感反应就只有遗憾。

如果亨伯特没有因贪求一个仙女般的小女孩而产生内心的冲突，那么读者就会憎恨他。

桑提亚哥老人对那条大鱼怀有深切的同情并为捕杀它而感到悔恨，如果不是这样，我们会说这个冒险故事是无稽之谈，根本不值得一读。

隐藏在铁幕背后的利马斯，逐渐意识到本国政府的图谋和敌人恰恰如出一辙，他的内心冲突如此激烈，以致他以慷慨赴死的方式来解决这一冲突。

如果没有包法利夫人的内心冲突，福楼拜的小说不会因一出滑稽的风流韵事更值得一读，谁会在意一个家庭主妇的红杏出墙？

迈克·科里昂是一个有良知的人，但他挚爱自己的家族并被迫在艰难时世中担负起拯救家族的重任，他的灵魂是多么扭曲！

如果你塑造出来的人物没有内心冲突，你的作品只能沦为一出闹剧。内心冲突证明人物正融入剧情之中，证明有重要的东西、重要的人物正在为他们冒险。

假设你正计划写一个关于一位男子想娶一位女子为妻的故事。他追求她，但她拒绝了。他追求她的过程很艰难，但到最后她还是应允了。这就是故事的核心，持续不断的追求示爱和屡次三番的拒绝排斥使得这个故事具有一定的戏剧性，但是还没有达到它自身所能达到的戏剧效果。在这种情况下，故事到最后会趋向于变成一场闹剧，因为中心人物没有内心冲突。所以当你开始天马行空般构思该如何构筑人物的内心冲突时，得问问自己：如果他是一个禅宗的佛教信徒，虔诚地对待自己的信仰，然而她并非禅宗佛教信徒，并且他的父母和教友团体都反对这桩婚事，那结果会怎么样？于是，他的内心就会产生要去反对家庭意志的矛盾与冲突。她爱着他，但是她的内心有着产生自他与他的家族之间的冲突。这么一来，你就会写出一部真真正正的戏剧性小说。

当然，内心冲突并不仅仅由宗教信仰产生，可能由文化或种族差异、阶级立场、民族背景、诱惑、性取向或性幻想、玩忽职守、爱国主义、忠诚、懒惰等任何事物和任何角色可能强烈感受到的事物引起。

假设有一头邪恶的怪兽威胁到某人的家园，他杀死了这头怪兽，这个人不会为此感到懊悔、内疚、疑虑或不安。当哥斯拉吞噬东京时，消灭哥斯拉是理所当然的，这其中不需要作出道德抉择。人物要么逃命，要么站起来战斗。任何一种都是可以接受的道德选择，没有人会因为躲避哥斯拉而被讥讽为懦夫。抵御哥斯拉的战役可以写成一个受欢迎的动作类故事放在周日连环画栏目上，但它不是创作戏剧性小说的合适素材，因为没有内心冲突在其中。

要想具备内心冲突，敌对势力并不需要多么强大，问题争端也不需要多么惊天动地。它们只需要对牵扯其中的人物的精神有足够强的冲击力。一个人可能因为自己偷了一毛钱而寝食难安，然而另一个人可能窃取了一百万美元并依然心安理得。在偷走一毛钱的人的故事里，如果偷窃对他来说意味着丧失了正直、荣誉、自尊等宝贵的东西，那么这个故事比对自己所作所为的道德后果漠不关心的百万大盗的故事更具有内在的戏剧性。

挖掘人物的内心冲突是个技术活儿。假设你的主人公被召唤上战场，首先要确定他有强而有力的理由让他极不情愿参战。他可能是一个和平主义者，他可能是一个懦夫，他可能反对本国政府的政策。假设你的主人公和一个爱尔兰籍的天主教女教徒坠入爱河，切记把他设计成一个英国籍的新教徒。如果你准备检测一个人的爱国之情，首先要确保爱国主义对他来说是至关重要的。这就是所谓的“把你的主人公钉在进退两难的尖桩上”——让你的主人公陷入左右为难的困境中。

每当主人公出于非常充分、有力的理由必定曾做过或者必定正在做某事，而出于同样非常充分、有力的理由必定不曾做过或者必定不再做某事，你便已经使主人公陷入左右为难的困境。你将感受到主人公正被两股同样强大的力量拉往相反的两个方向，让他饱受撕裂的痛苦折磨。

假设有一个年轻人感到不能不宰了母亲的新欢来为惨死的父亲报仇，然而他有着强烈的道德感并反对杀戮。尽管父亲的亡魂告诉他，继父就是杀人凶手，他还是一直怀疑继父是不是有罪的。一个人物能被逼进如此进退两难的困境，应该称得上是悲剧之星、悲剧之王。当然，这出戏已经被创作出来了，就叫《哈姆雷特》。

戏剧冲突的模式：静止型、跳跃型和渐进型

在《戏剧的技巧》（1894）一书中，古斯塔夫·弗莱塔格写道：“戏剧要展现的是一场斗争，一场关于英雄人物与敌对势力较量并且英雄的灵魂发生强烈扰动（内心矛盾）的斗争。”

这场斗争是这出戏剧中的一个情节。弗莱塔格指出："情节要上升到高潮，然后再平复下来。"他把高潮定义为"戏剧结构中最重要的部位"。

对于拉约什·埃格里来说，这种斗争，这种情节，是一种"冲突"。不能增强、激化的冲突，他称为"静止型冲突"；增强激化得过快的冲突，他称为"跳跃型冲突"；弗莱塔格所说的"上升性情节"，被埃格里称为"渐进型冲突"，这正是剧作家想要的东西。但作者所面临的问题是，该如何判断你笔下的冲突到底属于静止型、跳跃型还是渐进型？

静止型冲突是指任何一种不发生变化的戏剧冲突。例如，以密集炮火相互攻击的正反面人物专注于激烈的冲突之中，但冲突强度维持在相同的水平上，因此这是一种静止型冲突。

争吵与找茬儿都是静止型冲突的表现形式。两个小孩子在叫嚷："是的，你会！——不，我不会！——会的，你就是会！——不，我不会！"这样的争吵就是静止型冲突。

当冲突趋于静止，小说就宛如搁浅在一片沙洲之中。埃格里曾指出，处于静止型冲突中的人物，其性格就停止发展了。羞涩的依旧羞涩，勇敢的依旧勇敢，懦弱的还是一样懦弱，坚强的也还是一样坚强。从头到尾没有一点儿起伏的情节，没有什么东西能比一潭死水的静止型冲突更让读者厌恶的了。

跳跃型冲突是指在没有充足动因或过渡阶段的情况下，从一个紧张强度跃进到另外一个。比如说，当烦恼的事情越积越多的时候，人物会报以憎恨和愤怒的激烈行为。跳跃型冲突在蹩脚的情景剧里比比皆是：角色很幼稚，瞬间海誓山盟，转眼间勃然大怒，接着又和好如初，如此周而复始地循环，把读者绕得头晕目眩。当然，在紧急关头人物从一种情绪状态立刻跃进到另一种状态也是有可能的。但如果怪兽哥斯拉在毫无征兆的情况下突然闯进人物的客厅里，这种情节冲突就跳跃得太快了。当跳跃——人物情绪的急剧变化——并不符合当时的情景时，跳跃型冲突就是一种错误。

在顶级的戏剧性小说里，冲突是循序渐进的。矛盾冲突体现人物的性格。比起跳跃型冲突和静止型冲突，渐进型冲突将揭露人物更多不为人知的方面，因为在每一个冲突阶段，人物都会相应作出不同的反应。当人物以渐进型冲突的方式作出回应时，他在变化，显示出他的所有色调。

在渐进型冲突中，人物会经历不同的情绪阶段，比如，从烦恼到暴躁，到微愠，再到大怒，最后到狂怒。但如果是跳跃型冲突，他就会从烦恼直接跳到狂怒。而在静止型冲突里，他永远停滞在一个层次上，比如大怒情绪贯穿整幕场景。在渐进型冲突的高潮部分，人物的性格就被完全展现出来，因为读者可以从他每一阶段的情绪变化中看到他的所作所为。

创作戏剧性小说的艺术，就是在逐渐加剧的冲突中抓住读者眼球的艺术。正如埃格里所说，渐进型冲突的秘密是从进攻和反击的角度来思考冲突，就如同主人公与其死对头就是指挥着一场战争的军事家。举个例子：

鬼魂注意到："你不相信我。"（说明显而易见的状况。他没有攻击，只是简单地表明自己的立场。）

斯克鲁奇说："我不相信。"（陈述了个人立场。）

"除了凭你的感觉以外，还要凭什么才能相信我的真实性？"（低程度的攻击。）

斯克鲁奇说："我不知道。"（低程度防守。到目前为止，他们只是在相互试探底细。）

"你为什么怀疑你的感觉？"（攻击程度增加。）

"是因为，"斯克鲁奇说，"有一点儿事情就会影响到我的判断——轻微的肠胃紊乱，我的感觉就靠不住了。你也许是一口未经消化的牛肉、一抹芥末、一块奶酪的碎屑或者是一片没煮熟的土豆块。（防守。）无论你是什么，你是肉卤的成分总比游魂的成分多！（反击。）看见这根牙签了吗？"斯克鲁奇说。（准备攻击。）

"我看到了，"鬼魂答道。（准备好以捏造的理由辩驳。）

"你并没有看着它，"斯克鲁奇说。（攻击。）

"但我看见了"，鬼魂说，"尽管没有朝它看。"

“好吧，”斯克鲁奇说，“我只消吞下它，这后半辈子就都要被自己制造出来的大群妖精烦扰。胡闹，我告诉你，胡闹！”（彻底的猛烈抨击，冲突升级。）

在这个时候幽灵发出一阵可怕的叫喊并摇晃身上的锁链，声响是如此阴沉恐怖（一个巨大的反击），以致斯克鲁奇紧紧地抓住椅子以防昏厥。（退缩。）然而还有比这叫他更害怕的事情啊！只见这个幽灵解下绕在它头上的绷带，似乎他觉得在室内绑着太热，接着它的下颌骨快掉到了胸口了！（巨大攻击，迎头一击。）

斯克鲁奇双膝跪下，紧扣双手捂住脸。（彻底退缩。）“饶命啊！”他说。“可怕的幽灵啊，你为什么和我过不去？”（新的策略，攻击。）

“世俗之见的人！”鬼魂回答说，“你倒是信不信我？”（反击。）

“我相信。”斯克鲁奇说。（缴械投降。）

一个初习写作的新手可能会将斯克鲁奇写成在第一眼看到鬼魂时就瘫倒在地上。然而狄更斯通过逐渐升级的冲突，释放出冲突中所蕴含的全部潜能。

现在，你应该用什么方法创作小说，以确保拥有渐进型冲突？

第一，经常在脑海里用渐进型冲突构思小说。人物必须面临一些逐渐升级的阻碍；他们的难题应当叠加，承受的压力应该与日俱增。

假设你的主人公所遭遇的难题是他被解雇了。起初这是一个简单的问题，但当他的账单到期并且开始藏匿自己的汽车以防被没收时，他求职的压力日渐突出。接下来，妻子想要离他而去，银行威胁说要取消房贷按揭，还有他最好的朋友——他的爱犬，因被迫吃粗劣的狗粮而出现了过敏反应。

就这样发展下去，你的主人公正陷入逐步升级的冲突之中，陷入一场不断恶化的危机。

第二，只有当人物发展变化时，冲突才可能升级；当冲突升级时，人物随之变化发展。当斯克鲁奇第一次遇见鬼魂时，他是冷静的。他无所畏惧地直视着鬼魂说："你只是我的幻觉。"然而当鬼魂发出一阵"可怕的叫喊"并拆开他的绷带以致"下颌骨快掉到了胸口"，此时斯克鲁奇丧失了冷静，瘫倒在地上呼喊："饶命啊!"这是情节方面的一次激化。如果斯克鲁奇没有丧失冷静，如果他没有变化，他会跪地求饶吗？当然不。

你笔下的主人公丢掉了工作和这个是同样的道理。如果当他被老板辞退时保持冷静，在汽车被没收时、爱犬生病时、妻子离开时、房子失去时，都能保持冷静，这就没有逐步升级的冲突了。这仅仅是一个冷静的人物在抵挡可怕的厄运所带来的种种灾难。读者很快便会因此感到厌倦，除非它正在作为喜剧上演。

第三，为了确保你能有一个逐渐升级的冲突，在场景开始和结束的时候你都应该关注人物的情绪波动状况。人物在每个场景中都应该有循序渐进的变化，比方说，从冷静到恐惧，从仇恨到宽恕，从残忍到怜悯，等等。如果只有冲突而没有变化，你将得到一个静止型冲突。如果人物在场景中变化了但进展不稳定，你或许会得到一个跳跃型冲突。然而，作为冲突的结果，如果人物在情绪上每次都改变一点儿，你就会知道冲突正在缓慢激化，就如同它本应该如此一样。

类型，文学的分隔板

每个戏剧性的故事都应有一个“核心”矛盾。如果你看完一个故事，有人问你这个故事是关于什么的，这时你脑袋里的“高速计算机”会对整个故事里的冲突做一个快速的分析，并在剔除次要矛盾之后筛选出核心矛盾。于是，瞧！那就是你的答案。“这是一次航海事故。”你会说——关于泰坦尼克号的沉没。

《老人与海》的核心矛盾是桑提亚哥老人和大鱼之间的生死搏斗。

《柏林谍影》的核心矛盾是围绕利马斯和他的东德审讯团

展开的。

《圣诞颂歌》的核心矛盾是围绕斯克鲁奇和三个鬼魂展开的。

在《洛丽塔》中，核心矛盾存在于亨伯特和洛丽塔之间。

在《教父》中，核心矛盾存在于科里昂家族和纽约其他的黑手党家族之间。

在《包法利夫人》中，爱玛与其所处的压抑的社会之间的矛盾即为小说的核心矛盾。

麦克默菲与护士长之间的矛盾是《飞越疯人院》的故事核心。

在这些小说之中，还存在许多其他的矛盾冲突。斯克鲁奇与他的外甥、职员以及前来要钱的绅士之间也都存在冲突；麦克默菲不仅和护士长有摩擦，而且与病房里的其他病人、疯人院的其他医护人员也存有抵牾；利马斯和他的女友以及上级之间都有矛盾；科里昂家族参与了大量的违法活动，这也造成了大量冲突；爱玛·包法利与丈夫查尔斯以及情人们之间也有着种种问题。

由此可见，故事发展通常交织着许多矛盾。一个角色在密谋造反的同时很可能被卷入一场罗曼史，又或者当他尝试获得一份得体的工作时恰好被离婚所拖累。不过在一个戏剧性的小说中，核心矛盾总是清晰可辨的。核心矛盾就如雷蒙德·赫尔在《如何写剧本》中所描述的："人类反抗自然"、"人类反抗人类"、"人类反抗社会"、"人类反抗自己"、"人类反抗命运"等矛盾。

尽管核心矛盾会决定小说的走向，但并不完全决定它的类型。类型，指的是一部文学作品基于文化市场中的公式、规则和销售惯例等因素而形成的分类。作品被市场化成"文学"、"主流"、"神话"、"科幻小说"等。不管你喜欢与否，作为一个小说家，你不得不忍受这些公式、规则和惯例。

美国人总被偏见地认为是富有创造性的，并且经常在受限的体裁里发现令人反感的想法。不幸的是，这是无可避免的。原因是：基于文学类型之上的审美判断正是人类审美精神活动运行的方式。

在某刻，你要把你自己置于读者的身份上。如你收到一本詹姆斯的《水果蛋糕》作为生日礼物，但给你这本书的哥哥把套封弄丢了，所以没有内容简介告知你这本书是关于什么的。它的标题也许意味着它是一本烹调书；又或许"水果蛋糕"是一个疯狂的人。你打开书，看到它写着："水果蛋糕"、"一本小说"。你已经对其类型作出了第一次判断。噢，好的，这是本小说。

献词上写道："致我亲爱的妻子伊丽莎白，不得不和水果蛋糕生活在一起并且忍受它的所有疯狂的女人。"

你现在对其类型作出了第二次判断。在阅读了献词后，你作出了猜测：作者把他自己定义为“水果蛋糕”，这一定是关于难对付的人的一部自传性小说。

这听起来像是库尔特·冯内古特写出来的某些东西，而你喜欢库尔特·冯内古特，所以你对自己说，嗯，也许很不错呢。你已经有了一个基于类型的期待。你看到了下一页。那里有引自莎士比亚的语录：“一筐烂苹果没有什么好选择的。”好的，你认为这是一部喜剧。你并不知道它确切的种类，但如果它以那样的引文开始，那它一定是一篇喜剧。

第一章是关于主要人物或叙述者的解读，被认为是作者本人，在纽约锡拉库扎的中学拥有欢乐的好时光，在 20 世纪 50 年代中期曾喝醉酒，在芝加哥 49 商业交易所的后座上向傻笑的女孩求爱，被足球队的防守边锋殴打……都是这样有趣的东西。著作的语气很轻，对话活泼诙谐，你判定它是《麦田里的守望者》这一类的书，但更加有趣。你已经被类型、体裁所限制。你已经依据标题、献词、引自莎士比亚的语录和第一章的内容作出了判定。

第二章以第一章中介绍的傻笑女孩被残忍地谋杀开始，而吉米——故事的讲述者，被指控犯罪。受害人被发现怀上了吉米的孩子。你突然意识到你对小说类型的猜测是错误的。这篇小说现在似乎非常严肃。男主人公开始寻找真正的杀手。根据你对核心冲突的鉴定，主人公去寻找杀手，现在你把这本书分类为凶杀悬疑，这是你对其类型的第四个猜测。你对这本书所属类型的感悟现在已经发生了本质上的变化——从喜剧到凶杀悬疑。

第三章开始于吉米遇到外星人。这些来自银河系以外的K-74行星的外星人被称作“水果蛋糕”。在若干年前，他们把一个年轻的女性留在了地球上，所以他们现在回到地球是为了接她回去。这些外星人很笨拙，所以书中安排了一件离奇的闹剧——其中一个外星人因为谋杀了那个女孩而受审。

故事是这样发展的。

你会注意到读者阅读时，他会把自身对于作者意图的期待作为根据，从而得出结论。判断文学类型也是一样，读者感知作者的意图，从而判定小说的类型。你可以从《水果蛋糕》这个闹剧中得知，如果存在如“喜剧/色情/凶杀/科幻/法庭戏剧”等类型的小说，并没有什么关系。当读者阅读时，他们会调整对于小说类型的某些看法，但有些调整是不会作出的。大多数读者希望能马上猜出小说的类型是什么——如果可能的话，从封面和导语入手。如果你把他们欺骗得太惨，他们就会抵制你的小说。你会失去这些读者。悲惨的是，《水果蛋糕》是一本“滑稽”小说，所以它的受众十分少。

一些小说相比于其他小说在市场上取得了成功，原因是读者会根据过去的经验选择凶杀悬疑类小说，而非超现实主义的幻想小说。原因就是这么简单。可以简单识别类型的小说，或者说体裁，更易于销售。编辑们知道读者喜欢什么，至少他们喜欢自欺欺人地说自己知道。少数编辑会尝试打破这条惯例。因此，这些小说类型的惯例随着时间的流逝越来越僵化，直到它们僵化到使作家都感到像是穿了紧身衣一样受约束。当它存在时，你将在非常严格的指导思想下写出规则化的小说。言情小说就是模式最僵化的小说。

不管你从事的是传统写作，还是文学、主流或其他类别——科幻小说、言情小说、推理小说、哥特式小说、奇幻小说等——你将了解到那些类型的习惯手法、规则和公式，不然你可能会忘记自己是一名出版小说的作家。

你应该如何学习“什么是规则”？去图书馆查阅一大堆你想写的那种类型的书，然后像疯子般阅读。很抱歉，通向文学的路没有捷径。如果你不深入地阅读那些你想写的小说类型作品，你注定会失败。你一定要深入了解那些传统、惯例和不同流派的类型。

一旦熟知那些类型，你就会知道在这些类型中的前提假设是什么。“前提？那是什么？”你也许会问。如果你把矛盾冲突看成小说写作的火药，那前提就是加农炮。

这也就是本书第 3 章的主题。

3 前提很重要，小说没有前提就如同无桨划船

前提是什么？

- 把前提当成婚姻中的爱情。
- 把前提当成能把兔子变进帽子里的咒语。
- 把前提当成坚固的混凝土中的钢铁。
- 把前提的制作当成小说的创作。

它意味着全部，或者更多。

- 这就是你在写你所写的东西的原因。
- 怎样写一本好的小说？
- 这是你需要验证的关键。
- 这是你所写的小说存在的价值。
- 这是你所要表达的核心、要点、中心、灵魂。

还不懂吗？那继续读下去吧！

如何实现有机统一

玛丽·伯查德·奥维斯在《虚构写作的艺术》（1984）中写道："所有好的小说，无论是现代的还是超现实主义的作品，都有一种形式。的确，老练的小说的独特价值在于它给生活加上了一种模式或者特有的意义。现实生活是令人沮丧、混沌无序、不合逻辑、荒诞而不切实际的，并且往往是明显毫无意义的；生活充满了无效的挣扎与苦难、痛苦和悲剧。而作为一种理性和现实的存在，人们仍然渴求和需要秩序、计划，以及个体潜在的满足感与欢愉感。一个人可能转向信奉宗教、哲学、诗歌或者虚幻的小说，以获得他想得到的解决生活难题的答案。如果他转向小说，他想获取某种组织、意义和模式……”

亚里士多德曾深刻地意识到把组织加于小说的必要性。在《诗学》中，他阐释了“行为的统一性”，并认为故事需要一个有开始、中间、结尾以及具有所有有机统一性的生活中的人，来使故事更加丰满与完整。

理论家曾经尝试找出能产生这个个体的根本原则。这个原则可作为一个评论的工具去确定哪一些事物的有机统一是属于小说的部分，哪一些不是，比如人物、事件、复杂事物、升华、价值等。

比如，古斯塔夫·弗莱塔格尝试在《戏剧的技巧》一书中实现根本原则的有机统一。在讨论他所谓的把小说的部分与诗的灵魂结合在一起的华丽的风格时，他这样解释它们是如何被塑造和改变的：

> 这次的变革是在主要的情节、强烈的领会感知和理解其吸引人的、令人荡气回肠的或者可怕的意义的程度上延续开来的，是可以从自由组合的基础上进行分离的，是伴随着一些简单的增减部分的，这样做就能够形成原因与影

> 响的有机统一。在新的单元里把它上升为戏剧的灵感。这个中心是围绕如射线般直接的、长远的、独立的发明展开的。这个灵感的工作会伴随着一种类似于具体化的隐秘的威力之类的力量。

弗莱塔格关于戏剧的灵感一说，是在行动上对“根本原则的有机统一”这一说法的很好的尝试。

但是，摩西·L·马列文斯基在《戏剧创作的科学》中完全反对弗莱塔格关于“根本原则就是灵感”的观点。他写道：“我们认为一部戏剧作品的起源和首创精神在于它的情感基调，渗透于或者表现在情节当中的情感基调。”

威廉·福斯特·哈里斯在其广被阅读的《小说写作公式》之后也有不一样的见解。他宣称根本原则就是解决了关于道德加减法的问题，比如：骄傲＋爱＝幸福。许多初出茅庐的作家发现他的公式对小说的创作非常有用。

对于根本原则最有用的表达方式大概就是 W. T. 普莱斯首次在《戏剧构建和戏剧原理的剖析》（1908）中提出的“三段论”说法。他宣称，对于基本原则来说，最好的表达就是把它作为一个命题，他把这个命题定义为“信仰、有条理的陈述或者被完结了的戏剧所印证的三段论”。

拉约什·埃格里把这个三段论称为“前提”或者“目的”，他表示也可以把它称作“主题、根本思想、中心思想、目标、目的、前进的动力、主题、计划、情节或者情感基调”。埃格里选择把它称作“前提”，因为它包括了其他词语所要共同表达的部分，而且它不容易被误解。

虽然埃格里的说法只是关注在戏剧写作上，但是对于正在尝试写一本好小说的你来说也是真理。

前提的定义

如果让你以“狗是比猫更好的动物”为论点展开辩论，你会怎样证明呢？你可能会说狗更加友好，更加容易被驯服，更讨人喜爱，更令人快乐，等等。你会把所有好的事物都描述在狗的身上，而把所有不好的事物都形容在猫的身上。尽管你知道某些优点是猫所具备的，你还是会从中一一剔除，因为它是与你的观点相对立的。论点中的前提是可以在辩论的过程中得出结论的东西。如果是一个好的论题的话，那么它的每一部分都是服务于这个前提的。

如果你想写一本极具争议性的散文，但你却只设立了一个简单的论点，你就会继续用同样的方式去印证它。那么实际上，你的书将会是一场冗长的无休止的辩论。你需要证明一个写作前提，而那个前提将是你的写作结论。如果你想写一本关于讨论白领犯罪问题的非虚构作品，你就不需要花一个章节去详细说明那些臭名昭著的罪犯们漫长的监狱生涯。你不能这样做，因为这样做并不符合你的前提。相反，你会列举出那些已经前往巴西并正利用那些非法所得在奢侈圈生活的犯罪分子。

只要仔细观察，你就能很容易地在任何一本写得不错的辩论类书籍中找到作者的写作前提。一本命名为《罗伯特·E·李——邦联的英雄》的书能告诉你关于李和美国内战的故事，而不会有一个章节描写在西藏采玫瑰的情景；一本关于拯救野生动物的书不会有一个叙述扑克游戏的附录。写作前提使得作者的写作始终围绕着主题。

在一本非虚构作品里，作者的前提是一个“普遍”真理。这些前提可能是“战争是不好的”、“农药是有益的”或者是“米勒德·菲尔莫尔是一个伟大的总统”。这些前提之所以是“普遍”的，原因在于无论何时何地它们总是可以被同一类作者已经证实可行的方式所证明。如果读者接受这个论点，那么作者将会被劝告坚持这一真理，即便其他学术权威还会试图以其他方式去劝说他。为了支撑写作前提，非虚构类图书的作者通常会提供在“真实”世界中可试验和可被论证的论据。

无论如何，虚构类书籍的前提在“真实”的世界中是不能被试验或者被论证的。理由是：虚构类书籍的前提并不是一个“普遍”的真理。在一本小说中，写作前提只有在小说的特殊场景中才能够成为真实。

举个例子，你可能希望在你的小说中证明“婚前性行为会导致灾难”。你会创造两个有婚前性行为并且接下来有坏事临头的角色——山姆和玛丽。山姆，因为心中的罪恶感而变得沮丧，逐渐酗酒成性，他失去了工作，最终成了一个露宿街头的人。而已经失去贞操的玛丽则遭到家人们的躲避，又被山姆抛弃，最终她走上了自杀的道路。这样，你就证明了你的前提，但这并不是在“真实”的世界中被证明的，而是在虚构的世界中完成的。婚前性行为造成了灾难，这个前提并非普遍真理——对于所有的情侣来说，它不一定是正确的——但对于山姆和玛丽来说，它是真实存在的。

你的下一本小说可能同样有一个前提：“婚前性行为会带来天赐的幸福。”在这本小说中，哈利和贝丝在谷仓后面做了件有趣的事情，然后他们作为拖拉机司机和挤牛奶女工的生活从此改变：他们受到了鼓舞，离开了农场，在城市里找到了有价值的工作。在现实中，因为对于大家来说“婚前性行为会带来天赐的幸福”并不是真实的，所以它不是一个普遍真理，但是在你所创造的虚拟世界中，对于哈利和贝丝来说，它却是真实存在的。

故事的前提是故事角色在核心矛盾发展下各自的最终命运的简单表现。

思考以下例子：

● 在电影《教父》中，普佐叙述了一个儿子虽不情愿却因为爱和对家人的尊敬而成为黑手党的故事。他的写作前提是："对家族的忠诚会引领人们走上犯罪的道路。"而普佐成功地对其进行了论述。

● 在《老人与海》中，海明威试图证明一个前提："勇气使人得到救赎。"对于故事中的老人来说，确实如此。

● 在《圣诞颂歌》中，狄更斯给我们展示了一个吝啬老人在圣诞节精神的感染下直面自己的劣迹最后变成圣诞老人的巨大转变。他的写作前提是："被迫的自我反省使人宽容。"

● 勒卡雷在《柏林谍影》中告诉我们，即使最伟大的间谍也会因为他所服务的政府的表里不一而意志消沉。它的前提是："觉悟意味着自取灭亡。"

● 克西的《飞越疯人院》论证了这个前提："即使是最坚决、最无情的精神病设施也无法摧毁人类的灵魂。"

● 纳博科夫的《洛丽塔》表明："强烈的爱会导致死亡。"这在亨伯特的例子里也有所表现。

● 福楼拜也非常善于运用前提，《包法利夫人》表明了"非法的爱会导致灭亡"。

是否每个戏剧性的故事都有一个前提？是的。是仅有一个前提吗？是的。就像你不能同时踏足两辆车一样，你不能同时证明两个前提。如果狄更斯的《圣诞颂歌》竭力论证"犯罪行为得不偿失”的同时论证“被迫的自我反省使人宽容”会怎样？这种前提并不可行，难道不是吗？他在作品里已经暴露了史曲先生是骗子的一面，并且让他受到了惩罚。如果克西想要证实“爱征服一切”，同时证明“即使是最坚决、最无情的精神病设施也无法摧毁人类的灵魂”会怎么样？他已经有了一个布谷鸟窝。他又如何同时证明关于人类精神无法摧毁的本质？很显然他不能。

一旦你明白前提的本质，一个故事只能有一个前提的原因就不言而喻了。在虚构的文学作品里，前提是虚构观点的结论。你不能在一部非虚构文学作品中证实两个不同的前提，在一部虚构文学作品中也同样如此。譬如说，人物会以死亡结束。这是怎样发生的？他死了，因为他企图打劫银行，他企图打劫银行因为他需要钱，他需要钱因为他想要私奔，他想要私奔因为他疯狂地爱上了一个人。因此，正是他疯狂的爱让他灭亡，“强烈的爱会导致死亡”就是前提条件。

如果故事的结局与它之前的情节没有因果关系，那它就不是一个戏剧性的故事。亚里士多德说：“在所有简单情节和动作场景中，‘穿插式’的情节片段是最糟糕的。故事片段的排列顺序既没有或然的也没有必然的联系，就是我所说的‘穿插式情节’。”换言之，就是情节之间没有因果关系。缺乏因果关系，事件就不能发展到故事的高潮。显而易见，一个戏剧性的故事有且仅有一个前提，因为一个故事只能有一个高潮。故事的核心矛盾会在故事高潮中得到化解，核心矛盾的解决也就是说故事的前提得到了证明。

当然，一部小说可能不仅仅由一个故事组成。《老人与海》是一个故事的例子。《包法利夫人》和《飞越疯人院》亦然。但是，欧文·肖的《富人，穷人》却是由许多故事组成的。这些故事都是相互联系的，因为它们都发生在约达西的家庭。从整体上看，小说没有前提，只有一个架构，但每个故事的架构内都有各自的观点。这些同时存在而又独立的故事编织成了故事的主体。这些故事像其他故事一样，有各自的观点。

有效的前提与无效的前提

在第 1 章里我们讨论了一个侦探故事。这是有关于一个名叫波伊尔·本明顿·米歇尔的年轻侦探决心证明自己能做到像那老于世故的父亲一样的故事。波伊尔当时正要解决一起由一位夫人犯下的案件，这个女人为了使家庭免受耻辱而谋杀了她的丈夫，因为她的丈夫是人尽皆知的毒品贩子。那么这个故事的前提是什么？“真相呼之欲出”这个观点如何？

很好？这个女杀人犯最后被绳之以法而且她的罪行被公之于众，是吗？真相最终水落石出，难道这不是一个很巧妙的前提吗？不，它不是。这样的观点过于含糊了。它可以服务于已有的所有侦探小说。一部小说的前提必须是明确的。这个女杀人犯杀人以逃避耻辱、被逮捕和承受耻辱。因此，这篇小说的前提是："（主人公）极力避免耻辱反而给自己和那些她希望保护的人带来了灾难和耻辱。"

事实上，她（主人公）对维持她的地位的渴望十分强烈，几近狂热，而这种状态导致她对丈夫下了杀手。这个小说的前提可以更简洁地表达为"对地位的狂热招致耻辱"。

以下是一些被普遍认可以致显得毫无价值的前提：

- 陌生人是不值得信任的。
- 贫穷是极其糟糕的。
- 战争夺人性命（战争残害人民）。
- 生活是美好的。
- 生存即通向死亡。
- 人生苦短。

上述小说前提的预设大部分能被证明是切实可行的，如下：

- （对陌生人的）信任会导致幻灭。
- （由于在贫穷中成长而造成的）肆无忌惮的贪婪会导致冷漠疏远。
- 残酷的战争反而是最高贵的。

- 爱带来幸福。

- “生存即通向死亡”不能被视为可行的前提。它仅仅是对每一个存在的生命都需要面临死亡的一个简单陈述。

- “人生苦短”同样不能被视为可行的前提。它可以作为故事的精神或寓意，但却不能成为一个前提。

寻找自己小说的前提

创作一个故事的灵感可以来源于任何事物，一种感觉、一个影像、一段20年前你和心上人在高中毕业舞会上共舞的模糊回忆。或者是你在公车上有过一面之缘的陌生人，你那醉酒的老维尔蒙特叔叔，抑或一个“假如”：假如一个火星人当选了总统？假如一个女流浪者发现一百万美元？假如一个杰出的泳者突然变成一个截瘫患者？你的灵感有可能只是一种模糊的感觉，这种感觉可以来自一个角色、一个情景，或一个概念。你想写一个故事，于是你选出了你最喜欢的一个想法，把它叫做《维尔蒙特叔叔》，这就是第一步。然后，你就可以拿起笔坐下来，在纸上构思你的整个故事了。

威廉·C· 诺特曾在《小说的技艺》中建议，不要从一个前提（他称之为“主题”）展开你的故事，而是用人物，“他们需要你在纸张上为他们尽可能地创造出不同的生活和经历，也正是这些人物激励着你去创作，一直坚持下去讲述他们的故事。”

你从“维尔蒙特叔叔”开始了你的创作，尽管你并不能确切地知道你想讲述一些关于他的什么事情或让他做些什么。你所知道的不过是维尔蒙特叔叔是个有趣的人：他喜欢收集虫子，他喜欢抽味道很重的香烟，他会大声和妻子争吵，他是一个社会主义者并且热情从未消退……但现在你要在故事中怎么运用这些具有强大吸引力的性格呢？你在脑海里绞尽脑汁地描绘他的形象却一无所获，于是你被困住了。故事该怎么进行？维尔蒙特叔叔必须发生某些事情才行，没错，你寻找的正是一个进退两难的境地。要想引燃一片森林的大火，你得点燃一根火柴；要想展现一个人物的性格特征，你得把他放进各种不同的冲突中。

让你一直困扰的事情是，维尔蒙特叔叔是一个吝啬鬼，他非常爱钱。如果说有一个骗子出现了，想说服维尔蒙特叔叔在佛罗里达州购买一块沼泽地进行投资，他会答应吗？很有可能，因为维尔蒙特叔叔是一个非常贪婪的人。至此，你应该先写一个简单的草稿，想象接下来有可能发生的事情。尽管你还没有想好前提，但第一部分已经出来了：“贪婪导致____________。”

你的下一步是思考在故事的结尾处会发生什么事情。你也许希望维尔蒙特叔叔受到了教训，但那看起来并不太可能。维尔蒙特叔叔总是很贪婪，而且一毛不拔，他总能用某种方法把事情扭转到有利于自己的局面，并获得最终的胜利。他赢得了什么？财富？精神？爱情？你希望令这个故事变得与众不同，让他确实遭遇了诈骗，他可能会大吵大闹一番；可能会在报纸上看到自己的照片；《时代》杂志可能会为他写报道；维尔蒙特叔叔会在一次采访中表现得非常好，而唐纳休会让他继续发挥……整个国家的人都觉得他让人耳目一新，他可能会在对贪婪的不断追求中获得名望。这个时候你的假设就是："贪婪成就名望。"

世上并没有能够限制人提出前提的准则。你简单地从一个人物或一个情景开始你的故事，给人物设定一个困境并思考要让故事怎么发展，尽情地释放你的想象力，这种想象力是永无止境的。

好了，你说你已经完成了这个故事，并且想要开始另一个新的故事，你喜欢那个关于高中毕业舞会和你差点成功邀舞了的女孩的想法。

这个想法可以构思成一个怎样的故事呢？就让我们说这个故事的男主人公是一个脑袋很聪明同时又很害羞的年轻人吧，他爱上了一个女孩，却没有和她说过一句话。这份爱得不到回应——这是他遇到的困境。他的名字叫奥托，她的名字叫雪拉。他只知道她是新搬到这个镇上的，她的父亲是一个百万富翁。每当见到她，他总是感到胆怯而双腿发软，根本没有办法靠近她。我们得出一个假设了吗？还没有，也许是："伟大的爱情带来____________。"但我们还不是很确定。

所以继续发挥你的想象力，接下来你会想到：在高中结束后的暑假期间，奥托经过雪拉的房子，看到她躺在椅子上晒日光浴，在泳池里游泳或做些类似的事情。他的喉咙有点发紧，眼镜也蒙上了水汽，他试图走到栅栏边和她说话，但（关键时刻）他的双腿开始发软了。最终，他鼓起了极大的勇气给她打了电话，她说记得在附近见过他。于是她答应了和他出去，然后，他们开始了约会。他是如此的深爱她，以至于当靠近她时总会结结巴巴地说不出话来。起初她对他挺感兴趣的，因为他有一个聪明的脑袋，但很快她就感到厌倦了。他不是一个有趣的人，而雪拉是一个很开朗活泼的女孩。于是她开始编造借口，解释为什么不能和他一起出去了。他感到很失望，渐渐地变得孤僻，也许还有自杀倾向。

如果他自杀了，你的假设会是："伟大的爱情带来自我毁灭。"

如果他从另外一个人那里找到了幸福，并表现得更加真诚，会说："得不到回应的暗恋使他接受了另一份爱情。"

如果他埋头工作，那就是："得不到回应的暗恋使人沉迷于工作。"

关于前提的三 C 理论

关于如何构建前提并没有一个准则，但埃格里的观点认为，一个好的前提应该包含一个可以通过矛盾冲突带出结论的人物。一个懦夫参加战争后成为了英雄，或一个勇者参与战斗后变成了懦夫。萨姆森虽然剪掉了他的头发，失去了他伟大的力量，但他会重新得到它们。当你在规划你的前提时，要记得三个 C：人物（Character）、冲突（Conflict）和结论（Conclusion）。一个具有戏剧性的故事是通过人物性格在关键危机中的转换体现出来的，而它的假设就是这个转换过程的一个简单说明。

也许你想知道是否可以使用一个之前已经被写过、用过的前提假设？当然可以！这些前提假设都是让人随便使用的。福楼拜的《包法利夫人》和托尔斯泰的《安娜·卡列尼娜》有着同样的设定（不正当的爱情导致死亡）。市场上出版的众多不及它们的小说也是如此。有多少小说会被创作成和《参孙与黛丽拉》有同样的主题？不计其数。曾读过一篇关于一个相貌平平而身负功劳的女孩最终嫁给她的真命天子的故事吗？这种主题已经出现过无数次了，也将会被无数次地继续创作下去。因此，所有你想要的主题都可以信手拈来。在美国，每一个小说家都能写一本小说，其前提假设都是“贪婪导致实施（犯罪）”，但并没有两本可以被证明是同一种套路。

前提和选择性

选择性是作家作品的关键部分。选择性即在一部小说中选择囊括什么、忽略什么。作家要想锻炼优秀的选择性，应留出小说不可缺少的场景、描述、性格和人物对话。当一个作者写出优秀的选择性后，读者会察觉出故事非常紧凑；反之，则觉得臃肿。洞悉你的前提将让你了解这种选择性带来的差异。下面举例解释为什么一个作家可以利用前提去支持选择性。让我们先看看在一本非虚构小说的书中是怎么进行的。现在想象一下，如果你要写一本关于哈里·S·杜鲁门（美国第33任总统）的书，并想称其为《杜鲁门时代》，你要准备考虑以下几个话题：

1. 描述杜鲁门向他的妻子贝丝求婚的经过。[①]

2. 描述杜鲁门卖男性服装的职业生涯。[②]

3. 杜鲁门的妻子贝丝收集的他喜爱的菜谱。

---

① 1906年，杜鲁门回到了格兰德维尤的农场并在那里度过了大约十年的时光。在这段时期，他结识了贝丝·华莱士，并在1911年向她求婚，但却以失败收场。此后，杜鲁门说要比农夫赚到更多钱后，才再次向贝丝求婚。结果，他在1918年如愿以偿，当时他刚从第一次世界大战的战场回来，而且还得到了上尉军衔。

② 婚后一个月，杜鲁门用在锡尔堡和在海外服役所赚到的本钱，与好友雅各布森开办了一家专卖男装的店铺，名为“杜鲁门与雅各布森”。

4. 对杜鲁门主义的批评。

5. 回顾杜鲁门卸任后的时光。[①]

现在，你会选择哪一个话题进入你的小说呢？你不能因为这本书被命名为《杜鲁门时代》就要包括所有话题或不包括任何一个。那么你的选择取决于什么？它取决于你的前提，即你想要说什么或要证明什么。如果你打算写一篇个人历史类的文章，贝丝收集的最喜欢的菜谱将最值得你囊括；若你打算写一篇政治分析类文章，则不需要这类话题，关于杜鲁门主义的批评文章应该包括他的政治生涯，而不是他的个人生活。选择性，即什么应该或什么不应该，取决于你的前提。

在虚构小说的创作中，作者对选择性的训练同样是由故事的前提决定的。比如，你现在想写一部能证明你前提的小说，假设这个前提是“爱导致孤独”。

> 你的主人公叫亨利，他在离旧金山二十公里远的太平洋法拉仑岛的一个小岛上，一个人孤零零地守着一座灯塔。他热爱这种平和与惬意的安静：喂喂金鱼，散步走到岛的尽头。

① 杜鲁门卸任后离开了华盛顿，搬到了他岳母在密苏里州独立城的居所，并到各地发表演说和撰写回忆录。另外，杜鲁门又模仿他的前任总统罗斯福，在1957年出资建立了杜鲁门总统图书馆，并捐赠给联邦政府。这也是自《1955年总统图书馆法案》通过以来建立的第一所总统图书馆，以后每位卸任总统都会建立一所总统图书馆。

他离开了两个星期，去加利福尼亚北部看红树林。在此期间，他遇到了女主人公——朱莉。随后他们陷入热恋。在一个旋风般的求婚后，他们结婚并一起在亨利的岛上定居。

亨利一直认为自己是一个很容易满足的男人，现在他认为自己更加幸福了。朱莉热爱这座岛屿：她种植了许多花、修理了他们的小木屋、在下午与亨利一起散步、帮他擦亮灯塔探照灯的灯头。

接着，亨利收到了一个令他悲伤的消息——他年迈的母亲病重。于是，他留下朱莉负责看管灯塔，自己飞去了佛罗里达守在老母亲的床边。母亲去世后，亨利待了两个星期处理完后事，接着就回到了他的小岛。数周后，他从悲伤中走了出来，重新与朱莉幸福地生活在一起。

11 月来了，雾气弥漫，整个海面变得难以预料。加之每日下雨，朱莉变得急躁，她开始痛恨这座岛屿，因为她的花园被冰雹毁了；对她来说，小木屋也太冷。她盼望着找到一个温暖且有阳光的地方。她百般恳求亨利，最终亨利妥协了。他们搬到了亚利桑那州。

在那里，亨利找到了一个司机的工作，但他讨厌这份工作。他发现亚利桑那州太干燥、太炎热、阳光太充足了。而且，尽管他们居住在一个小城里，他仍然感觉到自已被人们边缘化了。他渴望着回到他如隐士般生活的法拉仑岛。他打电话给以前的老板，得知自己仍可以得到以前的工作。

现在，轮到亨利百般恳求了。他不能忍受远离那低鸣的老灯塔、那海的气味、那拍打的浪声。难道她不能再尝试一次吗？他将设法让屋子不再冰冷，再给她一个VCR，还有一只可以陪伴她的猫，等等。

看到亨利如此沮丧，朱莉同意再次回到岛上。

尽管以前他们也住在岛上，但没过多久朱莉便认识到，她永远不可能再继续待下去了。她比以前更厌恶这个岛。一天晚上，她从发射台溜走，离开前她给亨利留了一张纸条，告诉他不要试图去找她。

亨利并没有去找她，他知道，他永远不能离开这座小岛，而她永远也不会学着去爱他所爱的。

他留在了岛上，但曾经一度欣然接受的独处现在却变成了极度孤独。这个前提已经被证明了，即“爱导致孤独”。

虽说你满足于故事证明了你的前提，但光证明前提还不够，它必须被证明是可行的。

亚里士多德曾这样说：

故事作为动作活动的模仿者，需要代表一个完整的动作或活动。调换或者收回任何一个紧密相关的因素都将导致整体分离或混乱。至于那些存在或者缺失并没有使人察觉差异的因素则不是整体的真实部分。

换句话说，如果小说有一部分不能帮助证明前提，那这个部分应该被删掉。在刚刚的故事中，亨利的佛罗里达行程并没有推动后面故事的发展或使之更加复杂。没有亨利的那次旅行，“爱导致孤独”的前提也完全可以被证明。或许亨利与他不久于人世的母亲之间的充满创伤与悲痛的场景将是整个故事中最好的场面，但如果它不能有助于证明前提，则只能删去。没有与整体故事发生如果、而且、但是之类的关系，只能删去。

埃格里曾说，前提如同暴君。一旦作者规定了他的前提，小说的每一个场景、对话的每一行语句、每一个叙述的类型、每一句话、每一个字都应该有助于证明前提。也许你会问：有例外吗？虚构小说的创作法则不是法则，而是原则。如果作家可以侥幸成功，那么即使违反了所有的原则都没有关系。赫尔曼·梅尔维尔就在《白鲸》里专门在捕鲸上加以冗长的旁白，却被大加赞赏并取得了成功。如果你想尝试，那么，后果自负吧。每一个尝试并且成功的作家背后都有成千上万的作家失败了。

什么是这一章的前提呢？——每一个扣人心弦的故事有且

只有一个前提。

无意识作家

正如它看起来的那么令人震惊，一些理论家不相信“前提”这个概念。其中有一位名叫肯尼思·麦高文的电影制片人在《剧本创作入门》（1951）中，解释了许多埃格里“前提理论”的细节，但之后他说：“我想他所说的‘找到你的前提’仅仅是在制造陈词滥调中的一种无害练习……所有这些论调相当于说一个好的剧本将会有一个精神上的启示。”麦高文得出了这样的结论，因为许多畅销小说作家从未听说过前提。他们依靠直觉写作，并且其中一部分作家的确拥有很好的本能。

珍·欧文在《专业小说创作》（1974）中告诉我们她作为一名直觉型作者的时光。她说到自己曾经是一个很有抱负的作者，她会像大多数有抱负的作家一样，“只要任何人谈起人物刻画、对话或是观点，她都会洗耳恭听。甚至有时仅仅是提及一个情节也会使她从精神上膜拜。”当提及前提（她称其为主题），她说“无视主题的存在是非常严重的”。

一天，她和编辑正在讨论准备的小说时说，她已经把她的笔记整理好了，并且拥有一个靠谱的故事创意，一个令人印象深刻的主要人物命运，还有一个描述极为细致的大纲。

然后，编辑问她故事的前提是什么。

她困惑地说她还没有真正想过这个问题。

接着编辑说，那么他们没有什么好谈的了。

目瞪口呆的欧文，回家后努力地想了很久。她回想起她写的每一个考虑过主题的故事，得出了一个令人吃惊的结论：大多数她没有卖出去的故事都是没有前提的，而她所有卖出去的故事都是有一个前提的。

她说："从那个时候起，除了从有趣事件中采集的知识，我把故事、中篇小说还有那些没有卖出去的小说都检查了一遍。"

那么为什么欧文写故事时不知道自己有一个很强大的前提呢？很简单。她是一个有天赋的作家，拥有强烈的故事感。她凭直觉创作，她制造人物冲突，然后其他平常的事情就自然而然地出来了。之后就变得越来越舒服。

正如欧文所说，要抵抗有前提的想法将是可怕的。有追求的作者经常会问："如果你不知道你的前提却可以写一个好故事，为什么要自寻烦恼去找出它呢？"一些作家甚至认为这不仅是个麻烦事儿，而且很有可能会毁了整个故事。一位持这种观点的作家曾告诉我："你看，如果一个作家在没有任何前提的概念下可以讲一个极好的故事，而且故事有生动的人物，也与小说所有其他因素产生了冲突。那是为什么呢？我想告诉你（道貌岸然地说）你关于要有一个前提的说教对这样的作家是非常危险的。因为如果他的书没有那么容易辨认的前提，他可能感到他已经做的一些事情是错误的。因此，这样下去他会强加一些东西，而这毁坏了原本的好故事。”

对于这样的控诉，我的回答是：即使作者没有意识到前提是什么，人物的发展通过矛盾推向结论，那么这本书肯定有一个很好的前提。这是不可避免的。

知道你的前提只会保证你的本能是正确的。埃格里说："前提仅仅是一个简略说话的方式。”没有什么比在虚构的故事中制造人物冲突并引至结局更重要了。

人物角色、冲突还有前提是砖块和水泥，它们构建了故事。接下来是设计图和步骤，它们会让讲故事如同 ABC 一样简单。

4 讲故事的顺序

什么是故事

故事就是“事件的叙述”。

小红帽来到森林，遇见了狼，抄近路去看了祖母，再次见到了狼，说道：“天哪，你的牙齿好大呀!”接着伐木工来了，切开了狼的肚皮。事件的叙述就是简单地叙述或复述已经发生的事，不管这些事发生于现实世界中还是虚构的世界中。很明显，《小红帽》的故事就是事件的叙述。老人外出打鱼，或者迈克·柯里昂杀掉他父亲的敌人，间谍利马斯冒着严寒外出，这些也都是事件的叙述。所有的故事都是事件的叙述。但却不止如此。

看看以下事件的叙述：

> 乔跳下床，穿好衣服，打包好午餐，进到车里。他开过几条街，来到他女朋友住的地方去接她。她的名字叫萨莉。他们开车到海滩，在那里晒了一天的沙滩浴，接着享用了一顿愉快的海鲜。回去的路上他们买了冰激凌。

这是事件的叙述，但它是一个故事吗?

大部分读者凭借直觉就知道这并不是一个故事。

原因在于这些事件不值得一读。事件必须有趣。如果只是写乔与他的女朋友到海滩的情景，或者写他们一起共进晚餐的情景，这些事件的叙述毫无意义，因为它们之间没有因果关系。如果我们将一个故事定义为事件的叙述，那真是太浅薄了。我们必须加上点东西，说故事是“有因果关系事件的叙述”。

但是这样就够了吗？

假使我告诉你关于橡胶树被修剪的遭遇和经历呢？或者一艘汽艇一路航行到刚果途中的磨难与艰辛？没有兴趣吗？只有橡胶树和汽艇具有人类的特征时才有趣。海鸥乔纳森·利文斯顿是一只像人一样的海鸥。海鸥乔纳森·利文斯顿和说过“我认为我能行”的小火车头都是有趣的“人物”，不是因为他们是一只鸟和一列火车，而是因为他们是有着奇怪形状的“人类”。

因此，一个故事不仅仅是由一系列具有因果关系的事件构成的，这些有因果关系的事件应涉及人类角色。当然，不仅仅是人类角色，而应是那些值得我们关注的人类人物。没有人愿意读一些关于无名之辈的事情。读者想读那些有意思的人的故事，这些人物能在读者的心里激起一些情感回应。

一个故事的延伸定义可以描述为：“一个故事是事件的叙述，涉及有价值的人类人物和有因果关系的事件。”

这个定义虽好，但并不完善，所缺的是人物必须伴随着冲突而发生改变。如果一个人物在整个故事中并不受看到的事件和承受的磨难的影响，那么这个事件的叙述并不是一个故事，而只是一种冒险。所以，一个完整的定义应该是：

故事是对一系列有因果关系的事件的叙述，这些事件涉及有价值的、随着事件变化而变化的人物。

戏剧性故事

在一个戏剧性故事里，人物斗争是唯一值得一读的东西。你可能写一个关于人物牵扯在事件中并遭受苦难的故事。但是人物总体上是消极的，并不采取任何行动解决问题。只有人物因为遭受磨难而发生了改变，这样的事件的叙述才可以称其为一个故事，但还不能算是一个戏剧性故事。戏剧中，人物必须要抗争。读者可能同情遭受苦难的人物，但只有当人物在抗争时，读者才能产生真正的认同，让他们忘记自我，完全沉浸在人物的世界中。还记得乔和萨莉吗？如果将他们置于困境中，看看会发生什么：

> 那天早上乔离家前往萨莉家，他注意到有个破旧的小型货车正在跟踪他。为什么会有人跟踪他呢？他觉得奇怪，告诉自己这一定是他的幻觉。

有趣吗？当然，神秘的事情正要发生。我们想知道接下来会发生什么。我们也可以这样开始讲故事：

乔在沿江一家打折的珠宝店里买了一枚半克拉的钻戒。这天晚上在饭店，他打算“说开了”。认识她只有三天，但对于他来说，三天的时间已经足够了……

我们有兴趣吗？当然了，我们想知道她是否会同意，对他又有什么影响。如果写成一个鬼故事会怎么样呢？

乔已经数月不曾想起来了，但是当他从抽屉里拿出泳裤时，去年在圣诞聚会上那个吉普赛人说的话又回荡在他的脑海里：“你注定会葬身鱼腹，我的孩子……”

小说中的人物面临的困境叫做“故事悬念”。故事悬念使读者愿意继续读下去寻找答案。它是你上大餐前的开胃菜。

故事开始前就开篇

从哪里叙述有因果关系的事件并涉及有价值的人类人物呢？

通常，在故事开始前就开篇。

这并不像听起来那样矛盾，如果你看看一个人的一生，就会发现既有高潮也有低谷，既有荣耀的时刻也有糟糕的时刻。你选取讲述其人生中一个特定的故事，比如说主人公被布朗伯格公司解雇了，随后自主创业。你选择讲这个故事是因为你认为它有潜力成为最具戏剧性、最刺激和最新奇的故事。

具体来说，你应该怎样将叙述的事件联系起来呢？最好的地方要数主人公被解雇之前。解雇本身标志着故事的开始。但是我们不能理解解雇带来的后果，除非我们知道人物被解雇前的情况。被解雇对人物是好事还是坏事呢？如果这是一份糟糕的工作，那么人物应该离开这份工作，被解雇则是一种解脱；如果人物离不开这份工作，那么被解雇预示着即将到来的毁灭。你对这两种情况持不同的态度。事件的发生只有联系人物所处的现状才能被理解。因此，让读者了解现状，即让读者了解在某一时刻事物的状态非常重要。

被解雇前的事情是主人公的现状，核心冲突（他努力去创业）要从他被解雇那一时刻开始。

●《教父》中，迈克·科里昂是一位战斗英雄，他认为自己是个爱国者和守法者。在《教父》的开篇，他看不起父亲的非法生意。但这是在索洛佐这个关键人物试图将科里昂家族牵扯到毒品生意中之前，这就是现状。索洛佐的提议是《教父》核心冲突的导火线。

●《飞越疯人院》中，故事的叙述在麦克默菲进入病房前就开始了（现状），几页后麦克默菲出场，故事开始了。

●《圣诞颂歌》中，鬼魂来临之前斯克鲁奇与他的职员发生了冲突，他的侄子和两位绅士来向他索要慈善礼物，这些冲突就是现状。核心冲突始于鬼魂的来临。

- 《柏林谍影》中，故事的叙述始于利马斯结束了先前一个任务（现状）。我们知道他在接到新的任务之前，是一个酷酷的专业人士，是他的队伍的头号人物。新的任务是他假装叛逃投向“铁幕”。

- 海明威的《老人与海》是以老人出去捕鱼前一晚开篇的（现状）。当他第二天出海捕鱼时，核心冲突才开始。

- 福楼拜的《包法利夫人》以查尔斯·包法利与他的第一任妻子结婚开篇（现状），我们遇到女主人公爱玛是很久以后的事了。

- 《洛丽塔》中，纳博科夫在向我们介绍洛丽塔之前，给了我们有关亨伯特的个人简历（现状）。因此我们完全理解他对洛丽塔的需要，尽管我们还没有见到她。

就像戏剧家要布置舞台、歌剧有序曲、宪法有序文一样，小说作家刻画现状。现状向读者展示了在核心冲突发生前小说的世界。它是上主菜前的汤和沙拉。

另一种选择

假使你选择不在故事开始前就开篇，即不刻画人物所处的现状，你要一边介绍人物、一边介绍人物所面临的困境，接着向读者填补现状描写的空白。比如你选择在开篇那一刻就直奔主题讲故事，即被解雇的那一刻：

> 乔手里拿着解雇通知书，感到一阵冰冷的战栗传遍他的脊梁骨。他的目光从桌子上移向他的老板，对方正面无表情地盯着他，嘴里叼着一根燃着的雪茄。

因为我们不了解乔和他的处境，我们不能判断他被解雇是否公平。读者因此在故事的开头保留了对乔的同情心，直到发现真相。在故事的开头就采取强迫的方式让读者保留同情心，并不是理智的一步。相反，你应该尽快在故事开头时赢得读者的同情心。

另一种选择就是在故事开始后开篇：

> 乔在一个雾蒙蒙的下雨天，走在纽约市第五大道，拿着一袋从桌上清理的满满的垃圾。他思考着该怎样告诉萨拉自己被解雇的消息，他们才刚买了一辆保时捷。

这个例子的问题在于我们不只错过了在乔被解雇前了解他的机会，而且错过了一个潜在的非常戏剧性的场景：解雇本身。这个场景可以用倒叙的方式重新讲述，但是我们已经知道了被解雇的结果，看到了它对人物的影响，所以许多场景就失去了紧张感和悬念。

最好在故事开始前开篇。读者就会了解人物并同情他。你可以将标志着故事开始且发生于现状中的改变戏剧化。

巧合和人物，两者怎样相互依存

亚里士多德在《诗学》中说道，戏剧的长度应该是这样的：主人公“经历一系列可能的或必要的阶段，从不幸到幸福，或从幸福到不幸”。23 个世纪后，埃格里讲了同样的事，他坚称人物应该“从一个极端成长到另一个极端”，如一个懦弱的人变得勇敢、爱人变成仇敌、圣人变成罪人，这就是从一个极端到另一个极端。

设计小说时，你不仅需要设计巧合，还需要设计人物发展的各个阶段（如埃格里和其他人所称的“成长”）。为了有一个上升的冲突，人物必须在各个阶段成长、改变，不断从一个极端成长到另一个极端。这些在小说计划阶段通过使用阶段表就可以完成。

阶段表是一个记载故事巧合的详细的计划表。使用阶段表是作者掌控故事的一个方法，可以将之看作一个蓝图。强烈推荐你制作一个，以下就是一个阶段表示例，描述了故事的各个“阶段”（巧合）：

A. 斯克鲁奇是一个“善于压榨、拧绞、搜刮、抓住不放而又贪得无厌的老恶棍！又硬又尖锐，像打火石似的”（用狄更斯的话说），他是伦敦的一个商人。故事发生于 19 世纪，那时的生活是没有指望的，斯克鲁奇孤身一人，没有朋友，他喜欢这种生活方式，他的生意伙伴马利死了好几年了。斯克鲁奇的侄子于平安夜来拜访他，并祝他圣诞快乐，但斯克鲁奇很生气自己的工作被打扰，将他赶了出去，说道："呸，骗子。"

B. 两位为穷人募集的绅士来了，斯克鲁奇问他们济贫院是否还在使用，他们作出肯定回答后，斯克鲁奇说"好"，然后将他们赶了出去。现在斯克鲁奇"改变了对自我的看法"，狄更斯说，较之以前，他现在有一个"爱开玩笑的脾气"。

C. 斯克鲁奇告诉他的职员鲍勃·克拉特基特，如果明天早上他能来得比任何时候都早的话，圣诞节他就可以休息。斯克鲁奇边走边大吼，他在常去的叫"忧郁"的酒馆用了一顿"忧郁"的晚餐，然后回到了他"令人抑郁的公寓房间"。

这三个事件发生于现状中，它们只是设定背景，斯克鲁奇与鬼魂的核心冲突还没有展开。这是在刻画斯克鲁奇可能已经持续多年的日常生活状况，换句话说，是为了让读者了解现状，然后呈现核心冲突。

D. 第一件奇怪的事情发生了：当他回到家，斯克鲁奇看到了马利的脸映在前门的门环上，他安慰自己说"这是幻觉"，并走进了自己的房间。"骗子！"他说，故事开始了。

E. 现在鬼魂马利伴随着一声巨大的叮当声出现了，“这也是骗子，”斯克鲁奇说，“我不会相信的！”但是鬼魂说话了，斯克鲁奇最后相信了。鬼魂告诉他，有三个精灵将会拜访他。“我宁愿他们不要来，”斯克鲁奇说。

故事发展至今，事件已经改变了他，从他最初将幽灵解释为“骗子”成长到害怕鬼魂。“我不能一次性见到他们并结束这件事吗？”他问鬼魂。斯克鲁奇已经变得低声下气了。

F. 鬼魂马利离开了，斯克鲁奇想说一句“骗子”，但说不出来（成长）。他上床就立即睡着了。第一章结束了。第二章以三个精灵的到访开头。

如你所见，阶段表能快速地反映故事的事件，暗示人物的成长轨迹，可以让作者掌控他们的故事。先前我们讨论了一部新的小说，主人公叫波伊尔·本宁顿·米歇尔，是一位侦探。以下是根据这部小说写的阶段表：

A. 主人公波伊尔·本宁顿·米歇尔坐在他的办公室里。自从他接任父亲大杰克的侦探生意后，经营得并不是很好，许多习惯于大杰克强硬的办事方式的顾客都走了。留下来的是一些不付账单的贪婪的律师和一些没有支付能力的乡下侦探。波伊尔的秘书过来辞职，因为他发给她的工资只有“我欠你”这三个字。她离开后，他边踱步边担心。他手上没有案子可做。另一个男人出现了，他假装是一个职员，但他是传票送达员。因为波伊尔没交办公室的租金，他被起诉了。

B. 波伊尔意志消沉地回了家。他是单身，与他的母亲住在一起。他的母亲试图劝说他放弃这份“愚蠢的生意”，她有一个开证券公司的朋友能给他另一份工作。但是波伊尔非常坚定地告诉母亲，他不想成为一个股票经纪人，他想成为一名侦探。与母亲的对抗使波伊尔获得了新的活力。(**至今所有的事都是现状。**)看到他的决心，母亲默许了，告诉他一个熟人曾询问过他的家族是否还在做这行。因为希望他能放弃，所以她不想传递这个消息。但是她现在知道他永远不会放弃，于是给了波伊尔那位女士的电话。

C. 那位名叫丽迪雅·威克姆的女士将成为杀人犯。她的一部分计划就是大张旗鼓地雇用波伊尔寻找她丈夫生命中的“另一个女人”(**当然，波伊尔和读者都不知道她的计划**)。她付给了波伊尔 200 英镑的预付金，这让波伊尔的信心倍增（**更大的进步**）。

D. 接下来的五天波伊尔一直在“跟踪她的丈夫，但没有发现任何他与其他女性有染的证据”。波伊尔感到很沮丧，认为自己白拿了丽迪雅·威克姆的钱。

E. 波伊尔向丽迪雅报告了情况，她要他继续跟踪她的丈夫。虽然波伊尔很不情愿，但他需要这笔钱。

F. 那天晚上他第一次目睹了丽迪雅的丈夫行为鬼鬼祟祟。

一个精心构造的故事中，事件（A，B，C，D，E，等等）是有因果关系的。事件A发生，事件B才会发生；事件A和B都发生了，事件C才能发生。读者有强烈的欲望去读接下来要发生的事，因为他们希望自己已经看到的事情能有个结果。

事件之间的因果关系形成了一条精心编织的挂毯。当读者说一个故事“紧凑”，或者批评者说一个故事“不够紧凑”时，他们是指故事的因果关系。

故事的事件、冲突能影响读者，因此人物应对冲突时，会随着故事的推进而改变。来看看另一个阶段表，并仔细观察主要角色随着故事的推进而发生的改变。

A. 安迪·西姆斯，19岁，是一个胆小鬼。1968年，正值越南战争时期。他担心会被征入伍。于是，他疯狂地学习，以便维持大学C等成绩，这样他就可以推迟入伍。他的专业是社会学，因此他可以很容易得到好成绩。这就是故事开头的现状，背景已经设置好了。

B. 安迪的女朋友希尔达希望他能成为一位工程师。

社会学怎么会有前途呢？工程学才是赚钱的专业，她说。最初安迪坚持己见，但因为害怕失去她，就改变了初衷，转到了工程学专业。这是故事的开头。

C. 工程学对安迪来说非常难。他尽了全力也只能取得 D 等成绩。他开始酗酒，酒精使他更难学习下去。他变得越来越焦虑。期末，他取得了一个糟糕的成绩，并失去了暂缓入伍的机会。自从被归为失败者，他变得意志消沉，经常无所事事，脾气暴躁。他的朋友也离开了他。

D. 希尔达甩了安迪，因为她认为安迪是一个失败者。安迪消沉的意志发展成为精神抑郁。现在的他甚至在早上都不能起床。

E. 他被征入伍了。他报到时有间歇性精神分裂症。病症初期阶段，他不知道自己到底在哪儿。逃去加拿大的想法在脑海中一闪而过，但是他并没有认真地考虑。想到这，他就觉得自己是个叛国者。他热爱自己的国家，只是讨厌军队。故事发展至此，安迪处于故事发展的最低点。他焦虑异常，独身一人，非常害怕。他感到自己毫无用处，并且精神沮丧。

F. 在训练营地，安迪很快发现自己如果不抱怨，按照吩咐做事，中士并不会为难他。他还发现自己有射击天赋，是步枪 M-16 神枪手。第一次，在生命中，他找到了自己擅长做的事。他所在的排赢得了营地射击比赛，安迪是主要射手。除此之外，尽管他身体不是很强壮，但他拥有比自己想象的更好的承受力。他总是第一个完成20米的急行军训练。安迪的抗争和在军队取得的成功使他找回了自尊，他在成长，并找到自己的力量。

G. 灾难来了。安迪被选中去越南。他曾希望到职员学校去。但是他在新兵训练营的成功决定了他的命运。他们需要神枪手。去越南之前，他感到非常害怕和不安。他在新兵训练营里新找到的荣耀支撑着他——安迪的人物发展受到了考验。

H. 安迪被分配到一个丛林侦察巡逻队。他感到害怕和愠怒，难以进食，回复到以前高度焦虑的状态。但是他并没有像以前一样放弃。他找到了力量去坚持。在侦察队里，他精准的射击对他帮助很大，他的分队在残忍的机关枪火力的轰炸下被牵制了4个小时。他们觉得只有一个机会，就是突袭敌人。这是自杀式的，但如果他们能摧毁敌方的机关枪，至少有一部分人能活下来。

I. 安迪觉得这个主意很疯狂。他违背了命令，并偷偷进入了丛林，爬上悬崖。黎明到来时，他就能干掉并击退敌人的机关枪手。当敌人集中注意力消灭安迪时，他的同伴就可以逃走。尽管敌人人数众多，可一旦他们爬悬崖，安迪便能逐个干掉他们。敌人随后发现追一个人并不值得，就撤退了。安迪成为一名英雄。随后，他被授予银星勋章。安迪现在站在成长的最高点上。他非常自豪、乐观，对自己和未来充满了信心。

J. 当他回家时，希尔达希望与他和好。但安迪不再是以前的胆小鬼了，他不再受到她的威胁。相反，他搬到了加利福尼亚，打算回到学校，成为一名社会学家。他成为了自己的主人，克服了胆怯。他从一个极端（害怕、极度悲观）成长到另一个极端（自信、乐观）。

使用阶段表

并没有制作阶段表的正式规则。有些作者列举了许多细节，还有人只是粗略地列举了几点。这根据作者而定。制作阶段表的谜底就是让事件按因果关系发展下去，A—B—C—D—E—F，等等。用图表记录人物的成长与发展。

比如说当你按照最初的阶段表写了四分之三的故事，你能在随后改变阶段表吗？假设你写到侦察队受到了火力的牵制，你认为让安迪受伤会更好一点吗？可以，但是受伤对后来的故事必须有影响。你需要改变接下来的步骤。受伤对安迪获得银星勋章有什么影响呢？如果他破相或者残废了，对他的自信和新找到的自尊有什么影响呢？在作出调整前要仔细考虑后果。

如果你觉得可以写一部更好的小说，就继续写下去并作出改变吧！阶段表只是一个导游，而不是束缚你的紧身衣。

难点在于你故事的事件或步骤，不是自己突然蹦出来的。它们是由前进的事件的惯性引出来的。这就是故事写作的逻辑，这种逻辑使故事成为一个有机体。

5 冲突上升或证据存在于前提中

高潮、化解和你

● 将故事的高潮看作目标，其他的故事情节看作飞行的射线。

● 将故事的高潮看作你要建立的书的桥梁所通往的对岸。

● 将故事的高潮看作终点线，那里标志着冠军的诞生。

● 将故事的高潮看作你所写小说重量级拳击赛的最后一击。

或者看看下面：

● 一个故事是一个问号，一个高潮，一个感叹号。

● 一个故事是紧张感，是高潮，是满足感。

● 一个故事是变脸，快速切换，扣动扳机。高潮是两眼之间的子弹。

● 高潮是最后的结果，先前的准备是为其打基础。

故事的紧张感伴随着故事的难题不断升级，达到一定程度时，核心冲突就会得到解决。人物受到了考验，他们被催促着前进或者受到惩罚。最后，他们经历了各个发展阶段。当紧张气氛达到高潮时，故事来到了紧要关头。施加在人物身上的压力达到了“转折点”，高潮就是这个点。这时核心冲突必须得到解决。但要怎样解决呢？

核心冲突的解决，被埃格里称为“转机”。

希腊有一个描写这种进化的词语，他们叫它“剧情突变”(peripety)。亚里士多德在他的《诗学》中是这样解释的：

> 剧情突变就是指在戏剧中事物从一种状态变为与之相反的一面，这也是事件可能和必需的发展顺序……一个发现可能激起遗憾和恐惧，这种行为就是悲剧想要呈现的；它可能带来幸福或不幸的结局。

在《小说写作公式》(1959）一书中，威廉·福斯特·哈里斯这样说道：

> 小说写作试图说明这些：所有潜在难题或者你能提出的问题的答案，以一种奇特的方式，与问题大相径庭。(强调原创。)

在故事的高潮处，懦夫找回了勇气，极不情愿的爱人同意结婚了，失败者赢了，成功者输了，圣人犯了罪，罪人得到了救赎。这就是“进化”。它是一个大逆转：事物发生了翻天覆地的变化。

● 在《圣诞颂歌》中，当“圣诞节鬼魂要来了”到来时，高潮也到来了，它反映了斯克鲁奇空虚的死亡，斯克鲁奇在恐惧中恳请让自己作出改变。当他醒过来时已经是圣诞节的早上了，他曾与鬼魂待在一起，现在他回到了人群中。他看到了自己的死亡，现在他还活着。这确实是出现在高潮时的进化。

● 在《教父》中，科里昂家族即将被逼到一无所有，在遭受打击、倍感耻辱下，他们将前往纽约。然后迈克·科里昂漂亮地回击了他的敌人，在一天之内摧毁了敌人，完成了复仇，家族的名誉和地位恢复了。这当然是一种进化。

● 在《柏林谍影》中，利马斯在故事高潮时刻很明显已经脱离了危险。他现在只需要爬过篱笆就可以离开德国，但是来自手下的背叛摧毁了他求生的意志，他选择了死亡。这是另一个进化。

● 在《飞越疯人院》中，看起来护士长在为麦克默菲做切除前脑叶白质手术时已经成功了，她取得了一个又一个成功。但是克西向她证明了人的精神是不能被摧毁的。其他病人找回了勇气，其中一位酋长找回了他的灵魂并逃出了布谷鸟窝。这个高潮是一个令人满意的进化。

● 在《洛丽塔》的高潮时刻，洛丽塔离开了亨伯特。尽管对她的离开已有许多提示，这也算是故事的发展进化。但接下来亨伯特变得精神失常，那个令人喜爱的男人成为了一个令人憎恶的男人。

● 在《老人与海》中，老人在小说开头明显已经筋疲力尽，因为他已经 80 天没有捕到鱼了，他成为了一个笑话。但当他捕到了一条大鱼，所有的事都改变了。这是另一个进化。

● 在《包法利夫人》中，爱玛的高潮式自杀绝对是一种进化。因为那个想要纵情欢乐的女人选择了自杀。

故事就是**斗争**。主人公遇到困境、受到攻击时，你的小说就开始了。人物与困境斗争，困境变成危机；危机发展到一定的程度，急需解决；采取行动后，带来了高潮。结果要么令人满意，要么令人不满，但是危机结束了。无论如何，整个现状发生了改变，不管事态发展如何，进化都是必然。

高潮、前提、矛盾化解，怎样才能分清它们

故事的结局经常是就“高潮”和“化解”而言的，它们好像是两个不同的个体。但是高潮和化解的界限在许多情况下是难以区分的。高潮可以看作一个点、一个时刻，即读者认为核心冲突得到解决的那个时刻。那个精确的时刻可以是哥斯拉被杀、女主人公答应求婚、制胜得分、战斗胜利、被定罪的犯人死亡。尽管在高潮时刻核心冲突得到解决，但这并没有验证前提。前提是由结合成一个整体的冲突和化解证明的。

如果你决定写一个故事，希望证明这样一个前提：“野心勃勃能带来荣耀和名誉。”如埃格里所说，一个好的前提应该包括三个方面：人物、冲突和结论。当然，野心勃勃是其中一个人物即主人公的一个特征。你将他取名为“马丁·克伦肖”。如果想获取财富和名誉，马丁·克伦肖必须找到一个平台。假使这个平台是政治，马丁将要竞选参议员。现在，如果他非常

无情，他将用尽手段成为参议员。他会死掉吗？他会舞弊吗？你觉得他会，他会杀人吗？好，他可能不会杀人。

当阻止马丁成为参议员的问题解决了，你的小说的目标，即高潮，就到了。因为你的前提是野心勃勃能带来荣耀和名誉，你从一开始就知道他会成功。在此过程中，他会伪造选票、收受贿赂、抹黑他的主要对手、暗中监视社论记者，等等。他的家庭关系濒临崩溃的边缘，他的母亲与他断绝关系。随着大选临近，压力不断增加。大选之夜，我们正在统计选票。马丁赢了！在矛盾化解后，我们看到他沉浸于即将到来的财富和荣誉中，他与他的家庭和对手达成了和解，并许诺成为这个国家最好的参议员。你的故事的前提必须得被高潮证明（他赢了的那一刻），矛盾的化解伴随着和解。

不喜欢上面那个故事吗？你更喜欢野心勃勃带来其他的结果？灾难？死亡？堕落？好，看看这些会怎么样。我们新的前提是这样的（就像麦克白）：“野心勃勃带来死亡。”

马丁是一个无情的人，他想成为参议员。所以他撒谎、舞弊、腐败，等等。他的妻子离开了他，母亲与他断绝了关系，他的孩子变成了共产主义者。但他没有改变他的目标，没有什么能阻止他。在大选前夕，民意调查显示，大选双方旗鼓相当。但他不能接受“他可能会失败”这件事。他处在疯狂的边缘，拿了一把枪，在大选的早上埋伏并射杀他的对手。他的对手口袋里的笔将子弹了出去，他只是把对手擦伤了。媒体对这件不可思议的事件的报道刺激了公众，他们纷纷将选票投给了他的对手，最后他的对手取得了压倒性的胜利。马丁变得意志消沉，开始酗酒，向一个错误的人说出他就是偷袭对手的那个人。东窗事发，他成为一个暗杀未遂者，身败名裂，即将入狱，然后他自杀了。那我们的目标，即高潮时刻，不是大选，而是自杀。这才是野心勃勃带来的后果。

化解冲突的模式

高潮过后的冲突，即核心冲突被解决后，就是“化解冲突”。

一个故事里，冲突发展并升级，危险增加，情况变得越来越绝望，直到高潮时刻，这是上升的冲突。然后——嘣的一声——进入了高潮。在冲突过后有一个相反的模式。暴风雨已经消退，强度应逐渐减少而不是增加。

如果一个事件拥有不断升级的冲突，并出现在核心冲突解决之后，那么这个事件是“反高潮”的！不管事件的本身有多么戏剧性，读者对其也会没有兴趣，因为读者想要看到高潮对人物的影响。

化解冲突是证明前提所必需的，而且可以使读者觉得整个故事已经讲完了。以下就是一个例子：

他（**斯克鲁奇**）没走多远就看到了那位曾经到他账房里来过的胖胖的绅士。绅士问道：“请问，这是斯克鲁奇和马利的商号吗?”一想到再与绅士碰面他会怎么想自己，斯克鲁奇的心中就掠过一阵隐痛。不过，他认识到摆在他前面的路是什么，他毅然走了上去。

“我亲爱的先生，”斯克鲁奇说，他加快了脚步，握住这位老绅士的双手，“你好吗？我希望明天你能成功。你人真好。祝你圣诞快乐，先生!”

“是斯克鲁奇吗?”

“是的，”斯克鲁奇说，“这是我的姓，我怕会引起你的不愉快。请允许我请求你的原谅。能否请你……”说到这里，斯克鲁奇对他耳语。

“上帝保佑我吧!”这位绅士喊道，好像要断气似的。“我亲爱的斯克鲁奇，你是当真的吗?”

“如果你愿意，”斯克鲁奇说，“一个子儿也不会少。我向你保证，其中还包括一大笔已经到期的账。你愿意帮我这个忙吗?”

“我亲爱的先生，”对方握着他的手说，“我不知道该说什么好，你是这样慷慨!”

“请你不要这样说，”斯克鲁奇挡回他的话，“请来看看我。你愿意来吗?”

> “当然了。”这位老绅士喊道。

你会注意到在不断升级的冲突中没有“坚持和抵抗”。把冲突的化解看作是一种放松，一个账目的清算，一个持久战争中决定性战役的扫尾工作。

像核心冲突一样，次要冲突同样需要化解，它们可能在核心冲突达到高潮之前或之后就化解了。

核心冲突可以是指乔努力想得到一份工作。一个强大的次要冲突可能涉及乔和他的妻子，随着故事的推进，他的妻子离开了。乔与他的妻子之间的冲突可能在故事的高潮并没有解决，乔最后接受了一份新工作，但他与妻子的和解还需要解决。可能他们破裂的关系会持续下去，或者他们愉快地和解了，你也可以暗示他们将来会和好。例如，她可能同意与他共进晚餐。以上列举了冲突可能的化解途径，而且这样的结果一般都能令观众满意。不过如果所有的事都有条不紊地解决了，那么读者就会质疑作者在操控故事的发展。

有些故事不需要化解冲突，因为所有的事在高潮时刻就解决了。《柏林谍影》的冲突和结局是这样的：

> 他们再次开枪之前好像犹豫了一下。有人喊出了命令，一时间并没有人开枪。最后他们还是开枪了，开了两三枪。他愤怒地看向四周，像斗牛场上盲目的公牛。他倒下的时候，看到了一辆被大货车夹在中间撞毁的小轿车，

车上的孩子们还在窗后快乐地挥动着小手。

提供人物发展的前提

每一个故事的主要人物都有自己的命运。因此，每个角色都有各自的前提。如果你的故事想要证明“大谎言带来毁灭”，那么有一个角色一定是个骗子；这并不意味着所有的人物都是骗子，只是指一个谎言能带来毁灭。

《教父》中，迈克·科里昂的主要情感是他对家庭的热爱。他的爱使他成为新的教父——家族非法生意的统治者——尽管他在故事的开头曾大义凛然地反对家族的生意。他的个人前提是“热爱家庭导致犯罪生涯”。迈克有一个叫索尼的哥哥，同样热爱家庭，但他的前提与迈克完全不同。索尼是野性的，他是一个热血的勇士。当索尼的姐姐被她的丈夫袭击时，他会迅速去帮她，尽管他知道他的敌人在找他，这一切可能是一个陷阱。然后他被枪杀了。他的前提是“热血导致死亡”。

《飞越疯人院》里，麦克默菲被切除前脑叶白质时，高潮到来。他的前提是“挑战绝对权威导致死亡”，但是故事并不仅仅如此。酋长因为麦克默菲对他的教导，精神恢复正常，他逃了出去。他的前提是“接受（麦克默菲的男子汉气概）带来自由”。他的逃跑计划得到了其他病人的帮助，证明了“人类的精神是不可摧毁的”，这就是整部小说的前提。护士长，那个暴君，她的下属最后背叛了她。她的前提是“暴君衍生背叛”。

包法利夫人的丈夫查尔斯很爱他的妻子，但她将其逼入绝境。“爱情带来绝望”是他的前提。

鲍勃·克拉特基特的前提是什么呢？他忠实于斯克鲁奇，尽管后者行事卑鄙。事情变得好起来。他的前提是“忠诚带来幸福”。

人物是动态的而不是静态的，他们是会改变的。他们成长，在孤独中发现爱，在绝望中建立希望，在喜悦的高峰坠入幻灭和绝望，等等。不要将你的角色看成一成不变的。要想写出一部充满活力、朝气蓬勃、吸引人眼球的小说，人物必须随着冲突而改变。人物的前提就是描写这些改变。

什么构成一个伟大的高潮？——使读者满意的秘诀

笑话的诀窍在于妙语，而一部好小说的诀窍就在于高潮—解决。一个笑话，不管其编排得如何精心，讲得如何好，多么跌宕起伏，若没有一个伟大的妙语，那它就什么都不是；一部戏剧性小说，不管设计得如何精心，讲得如何好，如何错综复杂，没有高潮与化解，就不是好小说。成功设计一个伟大的高潮—解决，除了提供前提外，其他因素也要考虑。

第一，寻找惊喜

读者快读完整本书了，他们会察觉到，事情已经到了紧要关头，读者知道没有多少页故事就结束了。主人公深陷泥沼，危在旦夕，好像只有奇迹才能拯救他。读者确信他完蛋了。**惊喜：**主人公用他的皮带套住了一个树枝，凭借从未意识到的、突然爆发的力量和决心解救了自己。

科里昂家族在老教父死了以后岌岌可危，家族受到了另一个黑手党家族的排挤。**惊喜：**迈克·科里昂，新的教父，用仅仅一天的复仇，就凶猛地消灭了他的敌人。

鬼魂向斯克鲁奇展示了他的墓碑。他看到了自己的死亡，眼看着就要完了。**惊喜：**鬼魂只是向他展示了可能发生的事而不是将来一定会发生的事。他在圣诞节早晨醒了过来——他获救了。

当麦克默菲被切除前脑叶白质时，在疯人院的叛乱似乎已经结束了。**惊喜：**酋长逃了出去。

利马斯脱离了危险，他仅仅需要翻过墙就结束了。**惊喜：**他选择了死亡。

第二，激发强烈的情感

阅读小说主要是情感的经历。在英语课堂上，任课教授教你搜寻《美国小说》（1800—1865）中隐藏的象征符号和历史材料，寻找模糊的文学暗示，辨别哲学的细微差别，神化社会学意蕴，探索存在的分歧。这些鬼话毁掉了许多作者和读者。读小说的主要目的在于在情感上经历人物的生活——与他们一起笑、一起哭、一起承受苦难。作为一位小说家，你的首要目标就是在情感上打动读者。

一个戏剧性故事使读者在故事高潮时情感高度集中，技艺高超的小说家在这个时刻会使读者忘却自我。麦克默菲被切除前脑叶白质时，读者震惊了；老人捕到鱼时，读者起立并欢呼；利马斯选择了死亡，读者目瞪口呆；斯克鲁奇头晕目眩，欣喜地发现自己没有错过圣诞节，读者与他一起头晕目眩、欣喜若狂；迈克·科里昂进行报复，读者为其鼓劲；爱玛·包法利服毒时，或者亨伯特在绝望中死去时，谁不为他们痛心流泪呢？

第三，在诗意的正义法院宣布判决

什么是正义？正义就是维护无辜之人，惩罚有罪之人，奖励有德之人。诗意的正义就是适合罪犯的惩罚，适合有德之人的辩护。要做到“诗意”，维护正义的机构必须隐藏起来。如果警察维护正义，这就不是诗意。一个男人将他未婚的姑姑溺死在浴池里，用得到的保险金买了一条船，然后船沉了，他淹死了。这就是诗意的正义，因为进行惩罚、伸张正义的机构（命运？意外？上帝？）并不明显，惩罚（溺死）与犯罪（被溺死）相对应。

假设一个野心勃勃的人渴望财富、权力和荣誉，他幻想有一天能与他的妻子俯瞰众生、置身事外、坐享财富。但是他的野心使他变得无情，他最终站在人生的顶点，打败了所有的竞争对手，但他的妻子离开了他，找到了一个更温和、友善的男人。他实现了自己的目标，但他的成就是空洞的。这也是诗意的正义。

如果你不能充分地为无辜之人辩护、奖励有德之人的话，至少要分他们一杯羹。读者渴望正义得到声张。假设你在写一个关于压迫的故事，你的主人公——一位血汗工厂的纺织工人，试图组织一个工会。工会被摧毁了，你的主人公失败了。在你诗意的正义法院，坏人赢了。如果你的主人公找到了勇气、自尊，并收获了一位女性的爱情，那他也赢得了一些更珍贵的东西——可能其他的纺织厂胜利了，或他在另一个战场上获胜了。通过死亡，人物也能有所收获。哈姆雷特完成了自己的复仇，麦克默菲鼓舞了酋长。

第四，发掘人物新的一面

如果在高潮时能发掘人物新的一面，要发掘得越多越好。啊，乔最终找到了勇气，读者感慨，真好！你的女主人公最后醒悟，发现她的爱人是个无赖。好人最终逃离了监狱。如果你的读者最后欢呼起来，你就成功地写出了一个真正伟大的高潮。

第五，高潮——解决应使小说完整

在写作时，你要在读者脑海里创造故事悬念，比如，一些故事的悬念围绕一位酗酒的主人公的主要问题展开。在高潮时，我们看到他加入了匿名戒酒会，或者自杀。不管用哪种方式，核心冲突得到了化解。但是可能还有其他的次要冲突需要担心。女儿会继续憎恨父亲吗？他的妻子会与他和好吗？这位有酗酒前科的人能重新找到工作吗？当然，只有在情景剧中，这些问题才会一一得到解答，但是即使在一个非常好的戏剧中，也只有一部分问题能得到详细的答案，剩下的问题只能部分地得到解答，一个好的高潮是读者觉得故事已经讲完了。

- 斯克鲁奇改变了，再也不会成为一个吝啬鬼。
- 科里昂家族夺回了权力。
- 麦克默菲死了，但是酋长找回了他的灵魂，再也不会失去它。
- 老人重新获得了尊重。
- 利马斯死了。
- 亨伯特死了。
- 爱玛·包法利死了。

还有，这个章节结束了。

6 视角、观点、倒叙和小说家的魔术袋里的一些小玩意

视角定义

作者描写人物时，写道："马文讨厌三件事：变质的甜甜圈，妻子做的烤肉卷，以及共和党。"他是在揭示人物的视角。人物视角是该人物所有意见的集合，包括偏见、喜好、态度。他的视角决定了他怎样解读世界。人物的视角产生于他特定的社会学观、生理学观和心理学观。

视角也指心理叙述。心理叙述指叙述者站在人物的立场叙述：作为一个看不见的目击者，扮演一位客观的记者，扮演一位有读懂人物想法和感觉的能力的全知的神，或者是故事中的一个人物。

客观视角

如果叙述者一直作为局外人，以记者的身份写作，他就是用**客观视角**创作。叙述者描写人物的行为，就像写一部戏剧。以下就是一个例子：

> 乔早晨三点醒来，起床，走到药柜，给自己倒了三指深的冒泡的东西，等着气泡消失，捏着鼻子喝了下去。然后穿衣服，装好猎枪，将其放在外套下面，跳上他的装甲运兵车，驶向银行。

这就叫客观视角，因为叙述者是一个局外人，客观地看待人物，没有任何关于人物主观状态的观点。读者不能看到任何人物的主观想法和感受，以及人物的态度、人物的计划等。这里，叙述者只是一个观察者，记录他所见的对话和行为。

问题：你什么时候用客观视角呢？回答：非常少。

你想给人物制造一种神秘的气氛时才使用客观视角。客观视角有时用于间谍惊悚片和侦探小说中，尤其是坏人走上舞台的时候。在用客观视角写作的小说中，我们能看到人物在不知道自己是谁时的行为。读者能持续观看人物在不知情的状况下的鬼鬼祟祟的行为，因为这就是读小说的乐趣之一。

通常，对于用客观视角写的小说，读者会没有耐心读下去，因为他们想要跟人物更亲近，而客观视角提供了最少的亲近感。因此，最好避免使用它，大部分作者也是这样做的。当然也有著名的特例，达希尔·哈米特的《马耳他之鹰》就是用客观视角写的，而且是一部公认的名著。然而这很难做到，因为哈米特花费了大量的篇幅，使用手势、言谈举止和面部表情，好使读者对人物感觉更亲近。

修正的客观视角

另一个使读者更亲近人物的办法就是采用**修正的客观视角**写作。在修正的客观视角中，叙述者并不知道人物的心理活动，只是作出猜测。有时猜测是错误的，这叫做“不可信的叙述者”。换句话说，在修正的客观视角下，叙述者真实地描写正在发生的事——任何敏锐的观察者都能看到的事，并得出与读者相同的结论。只要叙述者不欺骗读者就行了。但是如果一个不可信的叙述者撒谎，没有叙述他应该说的，对大多数读者来说，他都不是一个令人满意的叙述者。

以下是一个用修正的客观视角写作的例子，但不可信的叙述者并没有欺骗读者。

> 菲比那天早晨醒来，大声咆哮。她晚上的睡眠断断续续，也许她梦到了查理。可能她感冒了。没人知道。答案随后揭晓，那天她开着老旧的雪佛兰，临时决定来到小镇，买了一把二手 0.38 口径柯尔特单动手枪和一盒子弹，花了 18 美元。店员说她的眼神很奇怪，充满仇恨。当她驶向老塔克时，她的脑袋里肯定有一些想法。可能是她的丈夫与另一个女人躺在床上的场景像一道闪电划过她的脑海。她肯定有这样的想法：我要杀了那个婊子！然后，她冒着冷汗穿过门口，情绪失控，用她的柯尔特式自动手枪指向两个人中的一个，不停地按下扳机。

尽管视角是客观的，但读者也能与人物很亲密，因为叙述者带给读者一种主观视角的错觉。叙述者并没有明确地表示他知道人物所想，事实上，他只是在作出假设。视角还是客观的，因为叙述者以局外人的眼光看待人物，并没有主观状态的描写。

其他常用的叙述视角都是主观的，这就意味着叙述者接近至少一位人物的内在精神和情感状态。

第一人称主观视角

第一人称叙述者通常从主观视角写作，即**第一人称主观视角**。第一人称叙述者进入一位人物的内心，即叙述者本身就是故事中的人物。他可能是主人公、反面人物或其他角色。在《飞越疯人院》中，故事由酋长叙述，而他只是一个小角色；《洛丽塔》由主人公亨伯特叙述。

第一人称叙述有许多优点，尤其对初学者而言。他们用起来感觉很顺手。事实上，用第一人称主观视角写作就像是在写个人信件。以第一人称写作的故事就像一位目击者的记录，相比第三人称的叙述，第一人称使人更加容易相信。

许多初学者选择第一人称叙述。如果这样更可信，而且作者写起来更顺手，为什么不用呢？

其实，从第一人称视角写作需要作者有很好的技巧来处理冗长的叙述。你不能去到叙述者没有去过的地方，向读者展现叙述者没有看到的事物，因此就免不了有长篇累牍的解释。

如若你的第一人称叙述者是小城中的一位“交际花”的母

亲。叙述者的女儿 14 岁时受到一位浪荡子的色诱。这是一个重要的场景，你想展示出来。但是母亲并不在场，她是怎样知道的呢？可能是她的女儿告诉她的。如果女儿与母亲的关系不好呢？你该怎样使读者相信女儿告诉母亲所有的事了呢？

第一人称叙述者有额外的负担，那就是怎样从其他人物的外貌、谈吐、行为展现他们的感受。对毫无经验的作者来说，这是一个很大的挑战。

还有一个极大的困难是应该怎样使读者不对以第一人称写的冗长的叙述感到厌烦。当你在叙述人物的所感时，多次重复使用“我”，不久以后，会让读者听起来像是在抱怨；当你在叙述人物的行为时，读者听起来就像是在吹嘘。

杰罗姆·大卫·塞林格在《麦田里的守望者》和雷蒙德·钱德勒在马洛的故事中使用了第一人称主观视角，这使故事看起来很简单。但是塞林格和雷蒙德·钱德勒应该为许多被毁掉的处女作买单。

全知视角

如果叙述者揭示了所有人物脑海中所想，那么这个故事用的就是**全知视角**。当然，这也是所有写作视角中最主观的一个。全知视角在维多利亚时代非常流行。那个时代的小说主要关注社会，为了更清晰、全面地展示社会图景，最好的办法就是描写每个人的想法和动机。维多利亚时期的作家经常按照以下方法展现特定场景中任何一个或所有人物的想法：

> 亨利早上两点抵达，他感到疲惫和麻木（**他的内心状态，他的视角**）。凯瑟琳在门口与他打招呼，觉得他像一只落水的老鼠（**她的视角**）。她立即将他带进了书房，她的祖父一直等着他，此时正在吊灯下来回踱步。他从中午起就开始在那里踱步，他感到胃里一阵翻滚，虚弱的精神处于极度混乱状态（**祖父的内心状态，他的视角**）。

结果是使人感兴趣的，作者成功地给读者深刻地刻画了社会和它的运转方式。但是，因为经常性地切换视角，读者没有足够多的时间接触到任何人物的视角，并建立认同感。因此，读者不能亲近这些人物。因为这个原因，现在很少有小说用全知视角了。

有限的全知视角

现代版的全知视角是指**有限的全知视角**，这是一个非常强大的技巧。有限的全知视角是这样的：作者宣告进入特定人物而不是其他人的脑海中。他们通常选择主人公和其他两三个人物，这些人被称为“视角人物”。叙述者在一个人物的脑海中，因为认同感的不可思议的魔力，读者可以体验这个人物的生活。不像全知视角，有限的全知视角不需要读者经常切换视角，因此，读者可以与一个以上的人物更亲近。

以下用有限的全知视角来写上文提及的维多利亚时期小说中的场景：

> 凯瑟琳打开门，吓了一跳：亨利站在那里，全身湿透，憔悴疲惫。他看起来已经冻得僵硬。她迅速将他带进书房，书房里，她的驼背老祖父正在吊灯下踱步。她想他虚弱的头脑里面正在翻江倒海（所有视角都是凯瑟琳的）。

一个极端的有限的全知视角是单一视角。它具有大多数第一人称叙述的缺点，除了叙述者可以联想超出人物视野以外的事件这一点。

选择一个视角

当你坐下来开始写小说时，你将一张纸放进打字机，或者打开你的文字处理器。接下来，你拿出笔记、人物传记、步骤表。将你的前提贴到墙上的霓虹灯上，你认为你已经准备好了。

然后你会发现自己一段都写不下去，因为你不知道用哪个视角写。你知道可供选择的有第一人称视角、全知视角、有限的全知视角、客观视角，但你并不容易作出决定。什么时候第一人称叙述者合适，什么时候不合适呢？如果第一人称视角可取，主人公能做叙述者吗？你应该用全知叙述者吗？一些作者混合使用视角，一本书中既有客观又有主观，既有第一人称叙述者又有第三人称叙述者。想一想，这个方法在你的故事中可行吗？

许多初学写小说的人认为，如果能经常切换视角，会更有创意。他们幻想自己的作品是试验性的、前卫的。他们用视角不是为了提升故事，而是为了让别人注意到他们的技巧——他们想象这样能显示他们的才华。这种愚蠢的行为如果不是糊涂透顶，就是矫揉造作。

要选择一个合适的视角，不要问自己“是什么视角”，而应当问“谁最适合讲这个故事”。你所选择的视角应能反映你叙述的声音。叙述声音而不是视角本身才是最重要的。叙述声音的选择要考虑体裁。

先定义什么叫“叙述声音”。一个小说人物有一个“声音”、一个独特的说话方式，例如：“啊，糟了，威尔伯，你必须交出那块手表。”叙述者独特的说话方式叫做叙述声音。作者既可以用自己的声音，也可以用他假定的一种声音。如果作者没有用他本来的声音，就是用创造出来的“人物”声音来讲故事。

18 世纪和 19 世纪初，小说一般是用作者本人的声音写的。如果一个叫埃德蒙·埃塞雷德的爵士要写一部小说，他将用第一人称写作，那么他的观点会淋漓尽致地展现出来。他与他的人物像熟人一样讨论：

> 我认为雷金纳德是个强壮的人，有礼貌，心眼好。他对生活有一个人道的展望，对妻子也非常好，因为他从不将他的妻子打得很严重，除非她做出过分的防卫，比如说提高与她丈夫说话的音量。一天晚上，只有他们两个人时，雷金纳德觉得去看看妻子不穿衣服的样子应该很有趣。他们已经结婚22年，他从未见过这种景象，尽管他曾快速地看到了她的胸部，那是他们结婚的第一年，在一次地震中她的衣服掉了下来……

上面例子中提到的声音是一种委婉的、讽刺的、友善的、漫谈式的口吻。这有一定的吸引力。然而，这种类型的叙述者几乎像翼龙一样灭绝了。

在20世纪初，艺术怀疑论达到顶峰，它提出作者不可能知道人物独身一人时发生的事。这种批评的后果是，全知叙述者变得“隐形”。作者讲述他的人物时，不再用一种聊天式、闲谈的方式。如果叙述者对人物和故事发展作出评论，批评者就会大喊“作者入侵”！叙述者只是讲述正在发生的事，并保留自己的观点。现在许多的书用第三人称写作，并遵守这个规则，尽管没有法律规定作者必须遵守它。事实上，许多现代的拉丁美洲作家和一些美国的反对偶像崇拜者，比如库尔特·冯内古特，重新用古老的方法写作，并收到了很好的效果。

许多喜欢作出讽刺评论和间接观测的作家转向了第一人称叙述，这对叙述者来说是可以接受的。因为他是故事中的人物，可以说任何他讨厌的事。

叙述声音与体裁

如上文所述，叙述声音的选择依你故事的体裁而定。说到体裁，你会想到，它是指你正在讲的故事“类型”：文艺、推理、犯罪、西部、自白、主流、浪漫、科幻、悬幻等。大多数体裁都建议你使用作者隐形的第三人称、有限的全知写作视角。这是公认的，也是读者期待和编辑想要的。但如果你有强大的令人信服的理由，也可以打破这些规则。

在一部关于乡巴佬和他们的宿敌的民俗小说中，你可以不遵守标准。一个目睹事件全部过程的邻居可能更适合讲这个故事。故事中的地方色彩能增添作品的风味，而且使它听起来更像现实中发生的事，进而增加故事的逼真性。一部西部小说可以由一位拓荒者或者主人公的好友来讲述；一部关于护士的浪漫小说，由爱上一位英俊的年轻外科医生的护士讲述；一部科幻小说由火星人讲述。

如果叙述者是匿名和中立的话，除非故事是有理有据的，读者才会买账。以下这个故事首先用作者隐形的第三人称视角叙述，然后用第一人称视角叙述：

玛丽是一位出色的家庭主妇：整洁、有条不紊，鲍伯6点回到家时就准备好了晚餐。鲍伯是一位称职的一家之主、一个稳重的人，经常去教堂，还喜欢帮助邻居。玛丽做针线活，在教堂做志愿者，而且喜欢看电视。他们是狮子会所会员。但他们的婚姻出了问题。玛丽感到厌烦了。并不是她不爱鲍伯和孩子们了，而是因为她没有许多可供自己支配的时间。然后她见到了外号叫“甜基督”的马奥尼，他向她提供了一份妓女的工作，每周工作三个下午。她想，好家伙，我能买一直想买的新外套了……

你可以看到，用第三人称写这个故事很难令人信服。下面是用第一人称写的同一段话：

嘿，我们小镇发生了一件非常疯狂的事。有一个家庭主妇，名字叫玛丽·普林格尔，长得并不难看，也不是很好看，她与一个叫鲍伯的家伙结了婚，我曾经与鲍伯在速比涛打过保龄球。有一天玛丽在市中心的一家叫宾的饭店吃午餐，一个俗气的名叫“甜基督”的年轻花花公子也在那里，“甜基督”在一家名为“海滨牧场”的汽车旅馆掌控着一些女孩子，然后他发现了玛丽。我不知道他看中了玛丽什么，她只是一个普通的家庭主妇。不管怎样，他坐到玛丽的饭桌边，对她说：“嘿，想赚点外快吗？”玛丽震惊了，她差点从椅子上掉下来。但是那个家伙说：“看，我是认真的。我认为从一个平凡的你中，看到了有价值的东西。”

你可以看到故事的可信度因为叙述者的惊讶而提升了。事实上，他的口吻是这样的：“看，我也不相信，但这是真的。”正如我们相信夏洛克·福尔摩斯非同寻常的能力的一个原因在于叙述者是华生。

如果你正在考虑哪个视角更适合你的故事，但还是没有头绪，可以尝试从两到三个不同的视角来讲述故事，然后将这些版本搁置一两天。当你重新拿出它们时，冷静地再读一遍，可能合适的视角就会跃然纸上。

认同的魔力——最伟大的戏法

我们都是喜欢刺探他人隐私的人。小说能使我们可以窥探他人的秘密，这是任何媒体都做不到的。读小说时，我们参与到别人的生活中，比起读新闻报道，我们的参与要更加深入。小说里，我们与人物很亲近。小说可能比现实生活更真实，因为它是生活的精髓。读小说中的故事，读者被带入人物内心经验中去。如果一位作者技艺高超的话，读者会对人物产生同情，甚至可以让读者感到从一开始读这本书，现实世界就消失了，读者完全沉浸在故事人物的世界里。

小说家是一个魔术师，向读者编织一个咒语。为了催动咒语，小说家用了一个叫做“认同”的魔术。

那么，作为作者的你是怎样使用这个魔术的呢?

首先，一旦你开始讲述故事，要给读者一个情感的试金石——将人物置于能激起他们情感的处境中。小说写作涉及人类人物，而人类人物都是有感情的。如果你在开头就介绍一位能使读者对他面临的问题产生同情的人物，你就可以最大限度地感染读者。

- 在《洛丽塔》的开头，亨伯特·亨伯特深受爱情的折磨。他爱洛丽塔爱到受伤的地步。读者为他感到难过。
- 《柏林谍影》中，利马斯担心他的代理人来自德国。读者立即进入他的世界，与他共同担忧。
- 《教父》开头描写一位小人物，他在观看对两个男人的审判，他们曾伤害过他的女儿。读者很容易为他感到遗憾。
- 《老人与海》以老渔人很长时间没有抓到鱼，正在遭受磨难开端。读者同样为他感到遗憾。
- 福楼拜的《包法利夫人》以刻画一位“贫穷的查尔斯”即被戴了绿帽子的包法利先生开篇。故事以他在学校蒙受耻辱开始。读者也为他感到遗憾。
- 《圣诞颂歌》中，狄更斯激起的情感并不是对斯克鲁奇的遗憾，而是轻视。它的效果很好，读者很厌恶他。

一旦一种情感（遗憾、轻视、恐惧）在故事的开头被激起，人物应该立即被置于不断发展的危机中。如果你已经感动了读者，他们就会感兴趣，但是，真正的认同只能发生在人物面临选择时，**读者也能参与到决策过程中**。如果读者说“加油，哈利，快跑!”，或者“不要与那个笨蛋结婚!”，读者是在同情人物。认同产生于读者为人物作出正确的选择加油打气。

人们普遍认为，只有人物是值得赞扬的，读者才会产生认同。但亨伯特并不讨喜，他爱上了一个仙女般的女孩，为了接近她，他跟女孩的妈妈结婚。他撒谎、欺骗、杀人。这些品质实在不讨喜。为什么读者会同情他呢?因为他遭受痛苦，因为他斗争，因为他有人性，他的人性和情感打动了读者。

你可以轻易地打破读者的认同，就像你可以轻易地创造它一样——如果你失去读者对人物的同情。要使读者失去同情心，你可以让人物对另一个人物做一些残忍的事，而读者对这个人物更加认同，并对其更同情。要使读者失去同情心，你可以让你的人物作出愚蠢的选择——不全力以赴。恐怖小说中的傻瓜听到奇怪的声音，总是手拿一根蜡烛走进阁楼，傻瓜的反应就是一个例子。要使读者失去同情心，你可以让你的人物看起来很平凡，千篇一律，或者不努力抗争。读者想鼓励一个战士，而不是看一个胆小鬼沉溺于自怨自艾中。

倒叙的终极艺术

倒叙是经常被错用和滥用的小说写作技巧。

读者被接下来要发生的事深深地吸引住了。这是故事讲述发挥它的魔力的一种方法。作者要使读者对一个人物和故事情景感兴趣，只需将人物置于冲突中，读者马上就进入人物的生活中去。读者迫不及待地想知道作者将人物卷入乱七八糟的境遇后，人物是怎样摆脱出来的。

假如你故事中的男主人公山姆·斯穆特最终打算接受他海洛因成瘾这件事实。他加入了康复项目。他的妻子可能不会与他离婚了。你，作为作者，觉得应该倒叙山姆四岁时从秋千上摔下来的那个时刻，因为这个创伤导致他的不安感，你认为读者应该对这个感兴趣。因此你写了一个宏伟的倒叙。会发生什么呢？读者读到倒叙时，要么跳过去寻找“现在”的故事中接下来会发生什么，要么将这本书扔进垃圾桶。四岁的山姆不是我们想要关心的，就这么简单。读者觉得大部分倒叙都难以忍受。但还有许多新手像疯了一样倒叙。为什么？除了造物主知道外，没人知道确切的原因，但可能的答案是：他们发现故事“现在”的冲突使他们不安。

作者就像读者一样认同他们的人物，可能更加认同。将人物置于冲突中，会使作者产生不安，因为他强烈地同情他们。

他变得焦虑。为了摆脱这种焦虑，一些作者采用倒叙，但故事“现在”的冲突没有升级，倒叙中的冲突也没有任何作用，因为相对于“现在”的故事，它们只是过去。作者可以放松一下。换句话说，倒叙只是愚蠢的作者想要避免冲突的手段。

另一个使作者认为倒叙可行的原因是西格蒙德·弗罗伊德。因为他告诉全世界，儿童时期的创伤经历可以解释成人的神经质行为。自从弗洛伊德阐述他的观点后，作家就开始用心理分析的方法分析他们的人物。最初，读者对从人物的过去得出对人物的看法这种方式感到很新奇。但是心理分析并不是一个新的现象了，而是一种很旧的东西。换句话说，谁会关心梅尔文想怎样处置他的母亲？我们只想知道他在第四章的最后试图抢劫 7-11 便利店，以及接下来会发生什么，所以就继续写下去吧。

在《专业小说创作》一书中，珍·欧文说，“一些编辑公开声称他们只买那些以时间顺序写作的故事，没有回到过去的内容。”对于一些人，她说，“不要将倒叙列为一个禁忌……”许多人同意这样一个观点，文学技巧只在绝对必需的情况下才采用。

于是，你会问，什么时候倒叙是绝对必需的呢？

如果你的人物被置于一个境遇中，他的行为与他在故事发生的这个时刻之前的行为完全相反，那么它是必要的。如果一位人物一直以来对女性很强势，但是他这样做只是因为他是一个害羞的人，想掩盖他不能与女性做爱的事实。现在他爱上了一名女性，他遇到了麻烦，但是唯一能使读者相信的方法就是向他们展示导致人物出现问题的一次极坏的经历。换句话说，先前的行为必须与现在的故事有联系。如果叙述者只是简单地告诉读者，读者就会怀疑作者是在煞有介事地设计主人公的不情愿行为。因此，倒叙是展现人物另一种性格的唯一令人信服的方式。

如果现在故事中的人物是冷漠无情、讨人厌或者令人反胃的，作者想让读者减少对他的这些负面情感，可能想使他更讨喜点，那么使用倒叙就是必要的。

例如，当圣诞节鬼魂迫使斯克鲁奇审视他的人生时，狄更斯在《圣诞颂歌》中充分利用了倒叙手段。在当下的故事中，狄更斯利用斯克鲁奇与鬼魂的冲突使他的读者被升级的冲突深深吸引，同时让他们仔细查看了那些塑造了斯克鲁奇性格的倒叙场景。

没有这些倒叙，读者永远不会理解斯克鲁奇怎么变成这样一个吝啬鬼，读者在故事结束时对斯克鲁奇的同情也不会那样强烈。不用倒叙，狄更斯能达到这种效果吗？他可能让斯克鲁奇在当下的小说中向鬼魂恳求宽恕。斯克鲁奇可能是一个遭受虐待的孩子，因为他的母亲在生他时死掉了，他冷血的父亲不肯原谅他。但是这些恳求听起来很空洞，因为斯克鲁奇对其他人很是铁石心肠。很明显，狄更斯需要讲述小时候的斯克鲁奇去博取读者对孤独的斯克鲁奇的同情，唯一能有效达到这种效果的办法就是及时地使用倒叙。

在你使用倒叙之前，问问自己在当下的小说中采用冲突是否能达到同样的效果。如果答案是否定的，那么倒叙是必要的，但是记住，所有用在当下的故事中的好的戏剧性讲述原则都可以在倒叙中使用，比如完全的圆形人物、升级的冲突、内心冲突，等等。

伏笔

伏笔是非常重要的，在拉约什·埃格里的《编剧的艺术》中将它划分为一种冲突，并与“静止”、“跳跃”和“慢慢升级”放在一起。伏笔并不是冲突，而是冲突的迹象。

以下就是伏笔的一个实例：

> 乔起床，吃早餐，装好他的枪，出发去城镇。

这是伏笔，因为读者会想：“装好枪做什么呢?”一个故事悬念提出来了。伏笔是提出故事悬念的艺术。如果故事悬念微不足道，读者就缺乏兴致；如果故事悬念很重要，读者就会产生浓厚兴趣。你可以有技巧地插入伏笔，就像呼吸一样自然。

下面是一个例子：

苏茜在第一天上课时看到埃迪，晚上她在日记中写道："如果他不带我参加舞会，我就从水塔跳下去。"

下面是另一个例子：

那天晚上，乔与他的邻居埃米尔因为割草机吵了一架，他在养狗场停了下来。他问养狗场的主人一只美洲比特犬要多少钱。那个养狗场主人说 4 000 美元。乔说他可能要花一点时间筹齐这些钱，但是如果他决心去做的话他就能做到。那天晚上，乔在桌上摆满肯德基炸鸡和田纳西威士忌，坐在后廊听着猫头鹰的叫声，作出了一个决定……

除了人物的行为，你也可以在叙述中预示：

皮特那天晚上下班，不知道有什么惊喜在车上等着他。事实上，他在发动引擎时没有听到蛇的嘶嘶声。

伏笔的使用，可能让读者经历一段特别无聊又冗长的叙述。一个有才华的作家在他的故事中永远不会有这些，但是对大多数作者而言，无聊又冗长的叙述无法避免。如果你在写一部小说，主人公正在为旅行做准备，一些在准备阶段发生的重大行为在随后的事件中将扮演重要角色，这些准备工作必须展现，尽管它们本身并不戏剧化。比如说，买的廉价绳子使主人公困在奥森木山的悬崖上。买廉价绳子明显是一个重要的决定，但是它的重要性体现在随后发生的故事上。为了使读者对买绳子的场景感兴趣，可以预示接下来的灾难。你可以这样开始你的场景描写：

> 当鲁道夫到商店买日用品时，他不知道他将犯一个生命中最重要的错误。

这段话使读者活跃起来。是什么大错呢？一个强大的问题在读者脑海中被提出来，对作者的目的而言，这样很好。

无聊而冗长的叙述可能不止发生在一个场景，可能有一章或更多。例如，你的一个人物名叫杰弗里，有情感问题的历史，在故事的结尾他将要做一些疯狂的事，包括用一个电动割草机给他的继父剃头。然而，在一开始时，杰弗里就像糖一样甜，面对麻烦会闷闷不乐地缩回壳里。你认为闷闷不乐的杰弗里会使你的读者睡着了，叫醒他们的方法就是告诉他们你的秘密：那个贴心的、看起来非常笃信宗教的杰弗里是一个潜在的杀人狂。现在，你应该怎样预示即将到来的暴风雨呢？

你可以在叙述中用作者的声音来做到这一点，就像在上文中对买绳子的说明一样：

> 杰弗里在去教堂的路上，发现一座房子，一条灰色的小狗曾经在那里生活过。一天晚上，他在盛怒中杀了那条小狗。但是那是过去，现在是现在。现在他将盛怒压在心

里，很安全地锁好它，他告诉自己，它永远不会再出来了。

另一个预示的办法就是让一位人物发出警告：

朱莉不认识站在门廊上的老女人，她购物回家时看到了她。老女人满脸皱纹，驼着背，面色像死人一样苍白。她的眼睛在眼窝中凸起，瞳孔像死鱼眼一样晦暗无光。

“你是那个要与杰弗里结婚的人吗？”

朱莉点头，“是的，星期六。”

“你应该知道他很疯狂，这种疯狂存在于血液里。”

然后老女人转身走了。

“等等！”朱莉大叫，“你是怎么知道的？”

老女人停了下来，咯咯地笑了，看向她的肩膀。“我是他的亲戚，我也很疯狂，这就是我为什么会知道的原因。”

用你的小人物预示主要人物的行为。

你也可以用主要人物自己的行为来预示。一个人物在压力很小时的表现可以说明他在压力很大时的表现。比如说，他溺死一只惹怒了他的小猫；或者他将他的指甲扎进手掌，直到出血，因为他对血液的流淌深深着迷；他也可能对在他的车前画十字的人尖叫。

记住，伏笔是一个预示。如果作出了预示而没有实现它的话，你就是在欺骗读者。

象征符号——好的，坏的，丑陋的

象征符号是除了事物本身的意义外对一些人有其他意义的事物。如果你在刻画一个牛仔边骑马边嚼牛肉干，牛肉干本身就有意义，它指食物。但是牛肉干不是象征符号，因为它没有附加意义。

现在，十年过去了，那个牛仔变成了一位成功的石油富商。有一天，他在一个奢华的酒店偶然发现了一块牛肉干，那天他正准备骗取他最好的朋友剩下的最后一百万美元。他深情地追忆了牛肉干。他不会再吃这种东西了，但是牛肉干象征着他以前作为一位诚实工人简单的生活。牛肉干成为了一个象征符号。它不仅仅代表食物，现在它还是简单、诚实、努力工作的物理象征。应该叫它“生命”象征符号，因为它对人物的“生命”有意义。以下是一些生命象征符号的例子：

● 《白鲸》中，梅尔维尔将白鲸作为生命的象征符号。它不仅仅是一条鲨鱼，它也是活生生的罪恶的化身。

● 《红字》中，通奸的女主人公戴着一个“A”字，它是一个生命的象征符号。

● 《老人与海》中，捕到鱼是老人男子气概的象征符号。这是一个生命的象征符号。

- 《圣诞颂歌》中，斯克鲁奇拒绝给鲍伯·克罗奇的那块煤是他吝啬的象征符号；最后他蜕变时，突然给职员的一大块煤是慷慨的象征符号。一块煤就是一个生命象征符号。

这些生命的象征符号不仅仅对读者是象征符号，对人物同样也是。在某种意义上，它们是自然形成的。从作者的观点看，它们是“拾得”的象征符号。作者在写故事的时候会寻找象征符号，以便帮助读者集中在冲突和问题上。从创世以来，你可以在世界上任何一个国家的所有文学作品中找到这些象征符号。

不幸的是，象征符号现在经常被滥用，主要归咎于一个叫“意象派诗人”的文学批评学派。意象派诗人是20世纪四五十年代臭名昭著的“新批评家”的继承者，这些流氓宣称读者而非作家才是作品的作者。

对意象派诗人来说，一个象征符号并不局限于生命象征符号，它可能是一个“文学象征符号”。不像生命象征符号，文学象征符号在故事的正常轨道中，对故事中的人物没有意义。它只对读者有意义，而不是人物。比如说在一个故事中，不管什么时候描写邪恶的人物，作者总提到他们擦得闪亮的鞋子。鞋子是邪恶的象征。但是对谁有象征意义呢？当然不是对人物。作者是在玩弄他的象征符号。他对读者说，让我看看你能否在这些鞋子中找到隐藏的意思。好的作品会用技巧解释人物。

以下是意象派诗人的另一个把戏。意象派诗人会这样讲述一个故事：亨利和汉丽埃塔居住的地方有一面红色的旗帜挂在门上，在他们的房间里有一条红色的地毯。汉丽埃塔意外地用刀切到了自己，流出血了。然后，他们吵架，亨利吐了血。亨利搭红色的出租车，戴了一条红色的领带离开了。没有哪位故事中的人物将红色与故事的事件联系在一起，是作者用红色这个意象"将故事联系起来"。当然，意象可以不局限于一种颜色。它可以是一个盆栽、一架波音 747 客机、月亮上的丘比特、一把剪刀、一只猫、一双脏袜子……任何事物。这些意象有时叫作"可操控的比喻"。用一个技巧，比如一个可操控的比喻，产生的不是艺术，而是诡计。

如果你曾听一个作家说："我完成了我的故事，现在在找象征符号。"你就发现了一位在刚愎自用的意象主义学派影响下的作家。

意象派作家经常倾向于使用一个叫做"经典暗指"的特殊的象征符号——隐晦地暗指希腊神话或《圣经》中的神。一位意象派作家可能将一位人物取名为鲍伯·潘森，他的名字暗示他长得像上帝。如果你想写一部极好的小说，不要浪费时间去寻找经典暗指。人物、冲突、缓慢地达到高潮才是最重要的。

正确使用象征符号应该是这样的：如果一位人物有任务和

目标，它应该符号化。如果一位人物想摆脱孤独，应该有一个表示逃离的象征符号——一些人物想得而不能得的东西，比如加入一个俱乐部或一张爱之船的船票。如果人物想要地位，象征符号可能是一双鳄鱼皮鞋或一辆粉色的凯迪拉克。在具体的现实生活中，愿望和欲望也可以，但是在小说中的作用不明显。一个恰当的生命象征符号可以使读者的注意力集中在冲突上。这是合理的使用方法，同时体现了象征符号的价值。

7 创造精彩对话和令人赏心悦目的散文体小说之精妙技巧

对话：直白的与婉约的，有创意的与无创意的

“嗨！”乔对玛丽说。

玛丽从正在阅读的书本中回过神来，抬头回应道：“嗨！”

乔紧张地拖着脚步慢慢走来，他确信此刻学校自助餐厅里的所有人都注视着自己。“你在干吗？”他问道。

“看书。”

“噢，看什么书呢？”

“《白鲸》。”

“好看吗？”

“就是一个捕鱼的故事。”

乔坐了下来，手指顺着衣领擦着不断沿着脖子往下流的汗。

“我想问你件事。”他突然说。

“我在听。”

“嗯，这次舞会你约人了吗？”

“我不打算参加。”

“不是吧？大家都会去啊。要不你跟我一起去吧？”

“嗯，我会考虑的，好吧？”

“别犹豫了，就这么定了！我开我爸的车去，而且带

足够多的钱。”

“听起来不错。”

“我们可以在班尼的比萨店吃晚餐。”

“嗯，那好吧。”

以上这个场景是戏剧形式。因为存在着思想斗争（他想带她去参加舞会，她不愿意），这里有个核心矛盾，且矛盾上升到了高潮，角色都精心安排了，但是对话还是很糟糕。为什么呢？

这段对话完全没有引人联想，是直白的。直白对话表达的恰好是人物所想，不用费力去描述人物如何表示反对、使用诡计、说谎、表现机智等。成功的对话含蓄地表达人物的意志。让我们看看同样的场景用婉约的对话写出来又是怎样的吧。

“我不得不坐在这儿，这是我的工作。”乔说道。

“哦？”玛丽吃惊地抬头，停止阅读。

“是的，只要我在这餐厅学习，起到模范作用，学校就会付给我每小时 1.5 美元的酬劳。”

“随便坐，这是个自由王国。”

乔冲她微笑，然后说道，“我了解你的未来。”

“你怎么会知道我的未来？”

“通过塔罗牌。”

“我不相信塔罗牌，我家人都是一神论者。”

乔从口袋里摸出塔罗牌，把牌洗好，铺下第一张，说道，“今天下午八点你将被一辆绿色的雪佛兰汽车接走。”

“我？”

“开车来的是一位超帅的年轻男士，他身穿白色晚礼服夹克衫，系着格子腰封。”

“他？”

“他会带你去学校体育馆参加舞会。”

“哇，塔罗牌上说了这些，真的吗？”

“不止这些，”他收好牌，“我不想毁了全部惊喜。”

“你这是在约我吗？”

“你愿意跟我去吗？”

“这牌上都说了，是吧？那么你应该知道答案。”

因为乔使用的是委婉的对话，他给人留下更独特、更风趣的印象。一个尽最大能力的人物会尽量运用机智、新鲜和含蓄的对白。如果看过情景喜剧，你从中听到的大部分会是直白对话。这也是他们使人感觉乏味的原因之一。

如果你用心描述对话，你笔下的人物会表现得比你本人更机智、迷人、博学、健谈、聪慧、潇洒。这是为什么呢？原因就在于时间因素。

你笔下的人物在故事中的言语及行为看似是瞬间产生的，就像现实中的人机智地说话和做事一样。乔只是抽出那些塔罗牌，然后开始他那滔滔不绝的演讲。但是这本书的作者可能熬了两个晚上才想出如何让乔打动玛丽的办法。

你是否在聚会时遇到过某个笨蛋在发表诸如女人天生劣势这类观点？你对此极其反对，但能想到的回答只有“你说够了吗？”。回家路上，你告诉自己那时应该引用西蒙娜·德·波伏娃①存在文化决定论的现象变迁学中关于因阶级和文化而导致的性别差异，这样就能使那个吹牛大王闭嘴。

如果你笔下的人物处于这个场景中，你就可以思考一会儿，想出合适的话来回答。这可能会花费你一周的时间，但读者会觉得对话是人物自然而然说出的。

戏剧性小说模式

戏剧性小说有三种模式：戏剧化叙事模式、场景叙事模式、半场景叙事模式。

在戏剧化叙事模式下，叙事者叙述相关情节，展现角色成长历程，运用内部矛盾，但这些都是以一种总结性方式来叙述的。例如，《包法利夫人》几乎全是用戏剧化叙事模式写的：

> 查理不知道如何回答，他尊重母亲，同时又很爱妻

---

① 西蒙娜·德·波伏娃（Simone de Beauvoir，1908—1986），20 世纪法国最有影响的女性之一，存在主义学者、文学家，20 世纪 70 年代女权运动的重要理论家和创始人之一。

子。他觉得母亲的判断是万无一失的，但是又发现妻子爱玛实在无可指责。母亲包法利老太太去世后，他就胆怯地试着重复一两句母亲说过的最为严厉的指责；但是爱玛很快就会证明他是错的，并把他打发去看病人。

同时，根据她所信仰的理论，她致力于体验爱情。月光下的花园里，她对他吟诵她所熟知的情诗，并带着哀叹如怨如诉地给他唱着悲伤的柔板乐章。不过，吟唱过后她发现自己心情平静如吟唱前，查理看起来却并不怎么含情脉脉，没有激动。

用这种方法已经产生不了爱的火花，加上她的理解超不过她的经验，她相信的只是她习以为常的事情，所以推己及人，她认为查理没有与众不同的热情。他表示的兴奋感已经规律化了，感情成了例行公事。他连拥抱也只是在一定的时间内。拥抱成了众多习惯之一，就像单调乏味的晚餐过后早就知道的那一道单调的点心一样……

场景叙事模式是，在某一个场景中，叙述者描述所发生的情节。接下来的例子同样摘自《包法利夫人》：

晚饭时，她丈夫觉得她的气色不错，看起来很迷人；但问她短途旅程玩得怎么样时，她却装作没听到，只是把胳膊肘斜立在盘子边上，放在两根点着的蜡烛之间。

“爱玛！”他叫她。

“什么事？”

“我今天下午到亚历山大先生家去了。他有一匹母马，养了好几年，虽然老了，但还很好看，只是膝盖有点问题。我相信他会以三百法郎左右卖出……我想你应该会喜欢她，所以我预订了……我就买下了……我做得不错吧？你觉得呢？”

她点头示意。然后，十五分钟后，她问道：“你今晚出去吗？”

“出去。有什么事吗？”

“哦，没事……没什么事，亲爱的。”

她把查理打发走后，就上楼来，把自己关在房间里。

刚开始，她有点晕眩，神情恍惚，看到了树林、小径、沟渠、鲁道夫，还感觉到他紧紧的拥抱，听见树叶摇曳，芦苇沙沙作响。

但是当她看到镜中的自己时，她顿时觉得惊讶。她的眼睛从来没有这么大、这么黑、这么深。一种奇妙的东西流遍了她的全身，使她改头换面了。

她不厌其烦地自言自语：“我有一个情人，一个情人！”这种想法增添了她的兴奋感。

半场景叙事模式是一种被打断的戏剧性叙事，里面糅合着部分场景：

快到九月底的时候，查理来贝尔托待了三天。最后一天就像头两天一样过去，重要时刻一再推迟。（**戏剧化叙事到这里，现在开始场景描写。**）鲁奥先生陪他走了一小段路送他回去；他们走的是一条坑坑洼洼的小路，马上就要分道扬镳了。伟大的时刻到了。查理心想自己必须在到达篱笆转角处开口求婚。最后，走过了篱笆，他低声说道："鲁奥先生，我想和你谈一件事。"

"说吧！告诉我你心里的想法——就好像我不知道一样！"鲁奥先生温和地笑着说。

"鲁奥先——鲁奥先生——"查理结结巴巴地说。

"就我而言，我认为这是件再好不过的事了，"田庄的主人鲁奥先生接着说道，"虽然我确定小女和我的想法一样，但我还是得问一下她。我们就在这再见吧，我回去问问她。听清楚，要是她答应的话，你用不着返回来，免得周围的人说闲话，再说，那样也会使她尴尬。不过，怕你着急，我会把墙上的一面窗板推开，你伏在篱笆上往回看就能看到。"

鲁奥先生走了。

查理把马拴在树上，跑回小路上，等待结果。半小时过去了。他看着表，又过了十九分钟。突然从那栋房子传来声响，折叠的窗板被打开了，靠外边的那块还在颤动。

（场景结束，又回到了戏剧性叙事。）

第二天早上九点，他回到田庄。一进门，爱玛就脸红了，但爱玛勉强笑了笑，试图掩盖自己的羞涩。鲁奥先生拥抱了他未来的女婿。他们将婚事的安排留到日后再谈，他们有足够的时间，因为要办喜事也得等到查理服丧期满了才合适，所以得等到明年开春。

冬天在等待中过去……

戏剧性场景的特点

戏剧性创作需要不断激化的矛盾。这种矛盾不仅对整个戏剧性故事来说有必要，而且对戏剧性场景也有必要，不论是在戏剧叙事中以总结性方式出现，还是在半场景或全场景时被全面采用。

由于存在不断激化的矛盾，一个场景必然会达到某种矛盾高潮和矛盾化解，即使这个矛盾将继续存在于接下来的场景中。场景中的核心矛盾不一定就是整篇小说的核心矛盾。小说的核心矛盾可能是夫妻矛盾，但开始的场景可能是某件引发核心矛盾的小事件，比如丈夫因与老板之间的冲突而导致被解雇。

一个场景就像一个故事，是从矛盾的最低点发展到高潮时刻，接着矛盾得到化解。下面是来自《圣诞颂歌》的一个例子：

这个极其愚蠢的人让他外甥离开房间，接着让另外两位绅士进来。（**这是承接上一个场景的桥梁，现在新场景开始啦。**）他们有点发福，仪表堂堂，现在摘下帽子站在斯克鲁奇的办公室里。他们手里拿着书和文件，向斯克鲁奇行鞠躬礼。

"我相信这就是斯克鲁奇和马利商号的办公室吧。"其中一位看着手中的名单说道。"我能有幸找斯克鲁奇和马利先生谈话吗？"

"马利先生已经死了七年了，"斯克鲁奇回答道，"他是七年前的今晚去世的。"（**目前，这个场景还未出现矛盾。斯克鲁奇还未发现这两位绅士是来要钱的。**）

"我相信您一定和您的合伙人一样慷慨，"一位绅士微笑着呈现他的证明书。

那是当然，因为他们同样吝啬。当听到"慷慨"这个不祥的词语时，斯克鲁奇眉头一皱，摇了摇头，将证书退回。（**矛盾上升/张力加强。**）

"在一年中这个幸福的节日里，斯克鲁奇先生，"这位绅士拿起笔继续说，"我们更需要帮助那些挨饿受冻的穷人。先生，我们需要大笔钱来给他们提供生活必需品，需要无数关怀安慰来帮助他们渡过难关。"

“没有看守所吗?”斯克鲁奇冷冷地说。(现在他感到不悦，知道他们想要他的钱。)

“有很多看守所，”绅士再次放下笔，回答道。

“还有可供穷人生活和工作的济贫院吧，它们还开着吧?”斯克鲁奇补充道。

“是的，它们开着，”绅士答道，“我宁愿自己可以说它们没有开。”

“那么，《济贫法》什么的都还生效吧?”斯克鲁奇问道。

“都很忙，先生。”

“噢，听你开始说的，我还以为这些可以提供帮助的地方由于某些原因都关了呢，”斯克鲁奇说。“很高兴听到这些地方都还能用。”

“但是印象中这些地方无法提供足够的东西，”绅士回答说，“我们几个人正努力寻求募捐资金，好为这些穷人提供一些肉类、饮料和取暖设备。我们选择这个时候来，是因为今天是我们大家的节日，我们都应该拥有欢乐，这个时候需要和欢乐同在。请问您能提供些什么，先生?”

“什么也没有!”斯克鲁奇冷漠地回复。

“你不想在这上面留个名吗?”

“我想一个人待会儿，”斯克鲁奇回答说，“既然你们问到我的想法，先生们，这就是我的答案。我自己圣诞节都不快乐，我更不可能为懒惰的人提供快乐。我付钱给之前提到过的看守所和济贫院，这些机构已花费了我不少，那些穷苦的人应该去那儿。”

“许多人不能去，还有很多人宁死也不去。”

“如果他们宁愿去死的话，他们最好就行动，还可以减少过剩人口。另外，不好意思，这些我都不知道。”

“但是你应该知道的，”那位先生说。

“这都不关我的事，”斯克鲁奇答，“一个人能知道自己该做什么就够了，不用去插手别人的事。我自己都忙不过来。再见，先生们！”

清楚地了解到再多说也无益，两位绅士离开了他的办公室。（矛盾高潮紧接着矛盾化解，包括斯克鲁奇的情绪变化。）斯克鲁奇又重新开始他的工作，他揣着一种自以为是的观点，心里很得意，比先前更有一种玩笑的心态。

同时，雾霭深深，夜色更浓……

以上这个例子就是一个全场景。它开始于这两位绅士进办公室，接着矛盾激化到一个高潮时刻，最后以矛盾化解结尾，然后过渡到下一个场景。很多情况下使用全场景并不可取，因为在场景开头时矛盾的力度通常不足以吸引读者。例如，主人公打算去找老板加薪，他决定第二天早上要做的第一件事就是去办公室找老板。最后，他下定决心的场景可以直接过渡到以下场景：

“乔，你必须获得加薪，我们需要钱来养小孩。如果你不去找老板加薪的话，我们就分手吧！”

“好，好，我会去说的，明天过去就问！”

那晚他失眠了，第二天早上（**过渡到下一个场景**），他站在老板面前（**恰好跳入这个新场景**），结结巴巴地说出他的要求时，感到双腿都在颤抖：“我需要加薪，不然就……辞职！”

老板看着他，邪恶地露齿一笑，“你离开了，我们会想你的，考斯格罗夫。”（**场景的高潮。**）

那个下午，乔买了绳子，准备自缢……（**矛盾化解，过渡到下一个场景。**）

跳入其他场景可以加速小说剧情发展，使你的读者参与矛盾激化的过程。为了达到不同的效果，一个场景的高潮可能被跳过。有时候，整个场景都会被删除，要么是因为无法提供足够激烈的矛盾，要么是为了制造一种喜剧效果。

乔下定决心那天早上要做的就只有一件事。他要做的就是拿着他父亲的旧猎枪，去当地的一个卖酒的商店抢劫，这样晚上他就有足够多的钱去好莱坞，那个他认为能使他进入影视圈的好地方。他等到天黑才行动，戴着滑雪面罩和手套，穿着跑鞋。他把车停在拐角处，步行至弗雷德酒店时恰好9点。仅仅28分钟后，他就被立案进了该市的监狱。（为了喜剧效果，这里跳过了实际抢劫动作。）

如果批评家批评某部作品节奏快，那通常是因为作者将他的人物置于激烈的矛盾中，然后直接跳入矛盾不断升级的场景中。写小说时，你要考虑每一个场景，问问自己哪些场景可以剪掉，以便加快小说节奏。

发展戏剧性场景：从耳熟能详、平淡无奇到耳目一新、精彩纷呈

下面是一个熟悉的情境，警察到达谋杀现场和验尸官之间的对话：

菲斯克队长将车停在佛蒙特街的这栋房子前，然后下车。他走上台阶，按响门铃。不久，女仆打开门，带着菲斯克队长到后面的日光浴室，验尸官正在那里等他。一见队长，他就介绍自己叫赫尔曼·特里佩特，接着两人握手。

“尸体在哪儿?”菲斯克队长问道。

“就在这里，”特里佩特回答。他是一个高个子，留着少量胡须。

女仆请示离开。

特里佩特给队长看了沙发后的狭窄空间，尸体就摆在那儿，上面盖着白色被单。

“看看吧，”菲斯克说。

“有点难看。”

特里佩特拉开被单，下面是一个三十岁出头的女人，被人割断了喉咙。

“她死了多久了？”菲斯克问。

“两小时，也许三小时。”

“有打斗的痕迹吗？”

“没有。”

“好吧，什么时候能给我全面的验尸报告？”

“明天早上8点可以送到你办公桌上。”

菲斯克又问：“现场发现凶器了吗？”

“没有。”

“化验室的人已经在路上了吗？”

“一小时前就应该到了。”

“他们来之前别动尸体。我去和女仆谈谈。”

“好的，队长。”

这种场景你可能在警匪电视中见过。在这个糟糕的场景中，没有矛盾冲突，毫无新鲜感，角色也相当刻板。另外，写作手法平铺直叙，平淡无奇，毫无波澜。首先，让我们看看在这个场景中加入矛盾会怎么样。在队长进入日光浴室时就加入冲突：

“我是菲斯克，”这位队长说，并不打算和那位年轻人握手。

“特里佩特，”特里佩特回应。

“你是新来的?”菲斯克问。

“我来了一段时间了。”

“那我怎么没见过你?”

“我之前一直被派到山谷做事。”

“但是，如果优秀的话，我应该会听说过。”

“我很优秀。”

队长转向女仆，“如果有需要，我会派人来找你，年轻的姑娘。”

女仆点点头，离开了房间。

“特里佩特，死尸在哪儿?”

“沙发后面。”

队长看了看沙发背后。

“发现尸体时就是这样盖着被单的吗?”

“这是我拿来的。”

“我不喜欢任何变动，拿开它。”

特里佩特拿开被单，队长认真地检查了尸体脖子上的伤口。

“死亡时间大概是在什么时候，特里佩特？”

“我认为是两到三小时前，长官。”

菲斯克长官点燃雪茄说道，“我想起你说过自己很优秀。”

“最迟明天早上，我能向您汇报她吃的什么早餐及最后大便的时间。”

“行，特里佩特，我等着，我喜欢等待。化验室的人到底死哪儿去了？”

“我只知道，已经通知他们了。”

“打电话，告诉他们五分钟之内赶到，不然别怪我不客气。”

“好的。”

这种对话比之前的要好，因为人物被置于矛盾中，但还是太直白。下面是针对这一段的改写，同样是警察见验尸官。

“菲斯克，”菲斯克队长说。

“特里佩特，”另一个回复道。

（直接对话。）

队长转向女仆，“你不是要去擦家具吗？”

（间接——翻译：走开。）

女仆很快走出了房间。队长转向特里佩特。

“亨尼斯人呢?”

(间接——翻译：你在这做什么?)

“亨尼斯上周五领了金表。”

(他退休了。)

“我想他们让他带着经验一起退休了。”

(你，特里佩特，一定是个新手。)

“我在山谷工作了六个月。”

(我有经验。)

“我从没听说过你。”

(你怎么可能不错呢?)

特里佩特涨红着脸，“我也从来没听说过你。”

菲斯克尴尬地笑了。“包裹在哪?”

(翻译：尸体。)

“三号门后面,”特里佩特一边回答，一边转动沙发。“在第一幅窗帘下。”他补充道，移开被单。

(这是显而易见的。)

菲斯克弯腰观察尸体。“看起来像是爱挑剔的女士或男士所为。我想他们喜欢这样，我可不能忍受这个乱砍行为。你得出了几个 W?”

(间接——从特里佩特的回答中很容易知道 W 的

意思。）

“不清楚凶手是谁，发生了什么事，或事件原因，但是我能判断死亡时间。”

“我自己也能判断，两个半小时前——通过僵直的尸斑。”

特里佩特点头表示敬佩。

“亨尼斯过去常给我说，我都认真听了，”队长说道。

（我有经验。）

这个故事的启示：好的对话应该是置于矛盾中的、间接的、机智的、丰富多彩的。那么，如果你的对话不是这样的，你该怎么做呢？请继续阅读。

如何将糟糕的对话变得精彩？

大多数小说家在完成草稿后都会反复修改，尤其是里面的对话。在写完一段对话后，你应该仔细检查，对每行都得想想以下几个问题：

- 是不是有冲突？
- 是不是太陈腐？
- 委婉地说会不会更好？
- 台词是否已经尽量做到巧妙、生动了？

下面这段对话来自露西和她的丈夫乔，故事发生在作为采购代理人的乔被解雇的那天晚上。乔不想把这个坏消息告诉露西，因为他们的孩子三个月后就要出生，而且他们没有积蓄。对话在乔进门后展开：

> 看到乔满脸的不高兴，露西问："发生什么事了，亲爱的?"
>
> "你怎么会觉得有事呢?"
>
> "你进门时没吻我。"
>
> "不要那样想。"
>
> "那你能告诉我发生什么事了吗?"
>
> "你今晚怎么这么好管闲事?"
>
> "也许我有权管你的闲事，我是你妻子。"
>
> "但你不是我老板!"
>
> 说完，乔怒气冲冲地走出了房间。

为了简化问题，我们忽略这个明显的跳跃性冲突。

现在，重组对话，我们要做的就是对照每行对话问之前提到的四个问题。首先分析第一行：

> "发生什么事了，亲爱的?"

是不是有冲突？是的，这是一种攻击性的问题，某个人物想知道某事。她想要得到信息。这就迫使另一个人物乔作出回答。

第二个问题：是不是太陈腐？答案是肯定的。好，那么你必须在心里自问：怎样才能使台词以新奇的方式说出，同时还保留冲突？

“为什么板着个脸呢？”

这句怎么样？

这句比之前那句“发生什么事了，亲爱的？”更陈腐。

“亲爱的，你看起来沮丧透了。”

这句又如何？

行吗？有冲突吗？不陈腐？委婉点是不是更好？说某人“沮丧”已经够委婉了。

那么，台词是否已经尽可能地巧妙、生动了？

判断它的唯一方法是开动脑筋思考几分钟，看看能否想出比它更加妙趣横生的台词。

“亲爱的，你看起来就像被人气炸了似的。”

这句如何？能够吸引你吗？好吧，还是保留“沮丧”吧。

现在继续来看第二行，乔的回复是：

“你怎么会觉得有事呢？”

有冲突吗？这是防卫性的回答，有冲突，但十分微弱，也不太巧妙或生动，同时语言陈腐。这句得零分，不合格。

所以你需要集中智慧冥思苦想。

“一切都很好。”

怎么样？太陈腐？好吧，可能有点，但是经过一阵思考后你无法想出更好的来替换，毕竟这句够生动、委婉且存在冲突。你决定接受它。

通过对每行对话进行类似步骤的检查，这段对话被转换成以下这样：

“亲爱的，你看起来沮丧透了。”

“不明白你怎么这么问，一切都很好。”

“那为什么你今晚没吻我呢？”

“你难道想被传染感冒？”

“你是心情不好，不是感冒——心情不好传染不了。”

“听着，露西，婚姻规则第一条是丈夫回家不到三十秒，妻子不要喋喋不休。”

“婚姻规则第二条是互不隐瞒！”

“第三条是你是我妻子，不是我老板，所以请滚开！”

如果这段对话出现在小说中，毫无疑问是需要再修改的，也许还需要修改多次。“沮丧”不怎么好听，“很好”对于这些人物来说太英式了，但是通过修改，会有所改善。大多数对话是必须修改的，而且要通过不断挑战自己，来加入更多的冲突，使其更新奇、委婉、妙趣横生，这样对话将变得越来越精彩。

动态散文体小说的戒律

动态散文体小说有三条戒律。它们是：

A. 具体

B. 有感染力

C. 富有诗意

下面是不具体的描述，这通常是我们的第一稿：

> 阿普尔盖特太太到达车站时，火车已经开走了。她在站台上来回踱步，思考该怎么办。这条线路上还有其他站，也许她可以及时赶到其他站，然后搭上这趟火车。她问了出租车司机，可司机摇头说，“没办法，赶不到。”
>
> 她又来回踱步，必须想个办法。她往回走进车站，问了售票员下一趟列车还要等多久。售票员回答说是两小时后，她说她不能等那么久。
>
> 她又接着踱步，突然想到了一个主意。如果她租架飞机呢？是的！如果租架飞机，她是可以赶到的。

这个场景描述得不够具体明确。下面是同样的场景，但是包含了具体细节。观察它是如何变得生动的：

当比阿特丽斯·阿普尔盖特到达雷诺美铁车站时，她发现5点15分开往旧金山的火车正往西行驶，消失在地平线上。她在老站台的灰色木板上来回踱步，思考着该怎么办。她突然想到威尔地离这里只有10英里，这趟火车会中途停在那里装卸邮件。她找到一位瘦瘦的出租车司机，那人正靠在他那辆破旧的顺风牌汽车上读赛马新闻报。“如果你能在十五分钟内把我送到威尔地，这100美元就是你的。”她说着，将钞票放到他眼前。

这位老出租车司机斟酌了一会儿，吐出一圈棕色烟雾，说道：“做不到。”接着又继续看他的赛马新闻。比阿特丽斯低声咆哮了几声，走回站台，又继续踱步，她必须想个办法。她找了个圆脸站务员查票。“下一趟火车是7点10分，”他点着头说。她又接着踱步。

很可能是那只蓝色松鸦在上空盘旋给了她灵感。为什么她不从火花机场租架飞机去呢？飞到马里斯维尔只需20分钟，到那里，她就可以赶在火车开往萨克拉曼多前上车了。

这个可能赢不了普利策奖，但肯定比之前那个平淡无奇的版本要好。概括性的话变得更具体明确。然而，这篇散文体小说没有美感，因为到目前为止它只有视觉上的描述。好的散文体小说不仅能引起我们视觉上的想象，而且还能带动其他感官——嗅觉、味觉、触觉以及听觉。感性的散文体小说除了涉及心灵上的感觉，如预感、即视感等类似的情感，同时还应该包含次感觉方面的参考——压力、高温、寒冷，等等。下面是个示例：

当比阿特丽斯·阿普尔盖特到达灰白色房顶的雷诺美铁车站时，5 点 15 分那趟开往旧金山的列车恰好在向西的拐弯处消失，刺耳的汽笛声消散在远处。列车引擎里冒出来的烟雾在空气中停留了一会儿后，随着一股沙漠热风吹散，这风刺痛着她的脸颊，灼烧着她的鼻孔。

她在深灰色的厚木板上来回踱步，高跟鞋有规律地发出咔嗒声。她该怎么办？钉在墙上的积满尘埃的地图给了她答案。威尔地离这里有大概十英里，这趟列车会中途在那里停车装卸邮件。前方不远处有一辆黄黑相间的出租车，老式的顺风牌，挡泥板已经生锈。司机是个满脸疲惫、黑黑瘦瘦的墨西哥人，此刻正斜靠在出租车的挡泥板上读赛马新闻。他吸大麻，带着一股危险的气息。她可以利用这个机会。她拿出一百美元在他眼前晃了晃。他的眼睛亮起来，露出赤裸裸的贪婪。

“送我去威尔地赶上刚过去的那辆火车，这钱就是你的。”

他思考着，抖动着手里银白色的钥匙，然后摇摇头。“不可能，赶不到，”他遗憾地说道。

第三条戒律："富有诗意"。你可能会说，这说起来容易做起来难。没错，而且这不是唯一的问题。这条戒律还存在一条附属戒律："不要太诗意"。对于一个小说家来说，诗意意味着用修辞来实现不错的效果。修辞手法包括拟人、夸张、隐喻和明喻。

拟人是将人的特性赋予无生命力的东西："我爱我车，但它却恨我。"夸张就是夸大其词："我前妻有着纳粹冲锋队的怜悯之心和鳄鱼般的性情。"隐喻是将一个事物与另一个事物做含蓄的对比："五月时，她停止节食减肥，到 11 月就胖成了鲸鱼。""乔治的手卡进了发电机，弄出来时肿成了汉堡包。"许多隐喻看起来很恰当，但实际上已经被滥用，变成了陈词滥调："他戴着玫瑰色眼镜看世界。"明喻是直接对比，通常有比喻词"像"或者"似"："被马踩过后，他的脚看起来像煎饼。""玛丽的男友像燕麦粥那般温和。"

成功的比喻不仅能使读者感觉到智慧，而且能使他们产生某种共鸣。例如，狄更斯描述斯克鲁奇为"孤立得像只牡蛎"。这十分恰当，不仅因为牡蛎紧闭在贝壳里，而且因为它是一种黏滑的小生物。纳博科夫笔下的亨伯特·亨伯特是这么描述初见洛丽塔时的感觉的："一条黑色波尔卡式圆点方巾裹在她的胸前，让她逃过了我苍老的类人猿般的眼睛……"他的眼睛之所以像类人猿，不仅因为其丑态，而且因为那是一个野兽般的儿童性骚扰者的眼睛。当我们第一次见到查尔斯·包法利时，福楼拜是这样描述的："他额前的头发剪得齐齐的，使他看起来像一个乡村教堂领唱者。"毫无疑问，乡村教堂的领唱者通常将头发剪成这样，但这个明喻能产生共鸣，因为乡村教堂的领唱者很可能狭隘、粗鄙、呆滞，就像查尔斯一样。《飞越疯人院》中的酋长描绘麦克默菲的声音是"响亮，充满罪恶感"，这是十分恰当的，因为不只是麦克默菲的声音充满罪恶感，他本人也是一个邪恶的人。后来，酋长是这样描述护士长的嘴巴的："因为是三角形的，看起来像是布娃娃的嘴巴上塞了一个假乳头。"这个明喻恰当，不但因为护士长的嘴型像布娃娃的嘴型，而且在某种意义上护士长非人类的特点更像布娃娃。

怎样才能为写作找到合适的修辞手法呢？你不必是天才，你需要的是练习。每次叙述时，都要试着尽可能多地运用恰当的修辞。在打草稿时，即使想到的那些修辞手法听起来有点可笑，你都应该把它们写下，你可以在写完后进行多次修改。任何时候，如果你用来描述某事物的是一个含糊的形容词，最好找另一个词来对照，使描述更形象，设法使读者产生共鸣。如果一个人物长得高，到底有多高？像什么一样高？聪明，有多聪明？像什么一样聪明？小狗可爱，如何可爱？像什么一样可爱？如果坚持尝试，你就会发现自己更容易找到好的比喻。

但是，要注意的是，没能运用好的修辞可能意味着你的文字平淡无奇，但如果运用的是不恰当的修辞则会使你的叙述显得愚蠢可笑、荒谬混乱。除非你是在写喜剧，不然这些不恰当的修辞会像跳蚤马戏团里的粉红色大象一样引人注目。下面是几条指导原则：

不要运用陈旧的比喻，除非很经典：

视力不佳/狼吞虎咽/死气沉沉/冷酷无情/镇定自若/一毛不拔/千真万确/大发雷霆/覆水难收/人山人海。

不要成串使用明喻：

她很高，像根电线杆；她很瘦，瘦得像芦苇；她皮肤很柔软，就像天鹅绒；她的眼睛，就像太平洋一样蓝。

不要混淆比喻：

他喜欢把头埋进沙堆，使他的视线藏在一蒲式耳下。

确保读者能理解你引用的暗示：

他闻起来像 SO_2。（读者可能不知道这是闻起来像臭鸡蛋味的二氧化硫的化学符号。）

不要延伸你的对比：

他的手粗糙得像老树桩的根，在土壤里历经岁月变得越来越黑；粗糙得就像被白蚁啃过，但是坚硬稳固得就像完好无损的树根一样……

当运用比较时，确保不要产生错误的共鸣：

夜晚舒适、暖和，夜空星星点缀，就如长满天花的脸蛋。

描绘一些令人厌恶的事物，对比可能也会产出错误的共鸣：

他仔细检查下水道，捂着鼻子抵挡难闻的恶臭，绿色水泡就像圣诞树上的装饰物一样破灭了。

不要使你的对比太混乱以致无法形成思维图像：

她脸上的线条，就像一幅道路图覆盖在美国五角大楼的平面图上。

避免过度：

她的眼睛就像印度的蓝宝石，放在丹吉尔工匠制造的南非宝石中。

不要将比喻义和原义杂糅在一起：

道布尔迪是棒球、两个男孩和一个女孩的父亲。

意义之外的散文体小说的价值

动态散文体小说拥有某种特性，能给蹩脚或苍白的文字注入闪光点、活力和色彩。例如，优美的散文体小说有时间编织它的绣帷：

> 她俯瞰那贫瘠而灰白的大草原，那是部落首领死亡的地方，也是第七骑兵队每天屠杀上千名印第安女人的地方。她陷入了深沉的悲伤。这时，有人呼喊着“上汤啦”，她转头往回走，跨过院落的沙色石板，穿过滑动的门走进客厅，晚饭已经准备好了。等她将芝麻圈涂上奶油时，首领、女人、第七骑兵队的屠夫都已经被抛在脑后。

另一个强有力的方法是从人物的角度来筛选描述。换句话说，你从人物所看到的东西来描述场景。有些时候，人物会误解他所见到的：

> 诺曼打着哈欠，从睡袋中起身，查看了亚卡台地。他昨天躲避的士兵已经走了，只留下堡垒和建筑物。现在也许我可以发现他们在搞什么，他想……

优美的散文体小说是动态的而不是静态的。一个场景应该是变化的，或者场景的观感应该是变化的。下面这段就是静态的：

> 红色的牲口棚位于这座房子后面，已经多年未使用了。油漆开始脱落，门的铰链松了，猪圈早已倒塌。

那是一种平静的生活。下面重写的这段展示的是如何将描述变成动态的：

红色的牲口棚位于这座房子后面，百叶窗撞击着生锈的铰链，油漆在微风中脱落，就像生锈的红雪片飘散在空荡荡的猪圈上空。曾经在此喂养过的成千上万头猪的号叫声此刻在这里回荡……

接下来的这段文字忽视了“不要太诗意”的忠告：

米尔德丽德是位小骨架女士，她有高高细细的鼻梁，老鼠似的耳朵。她走起路来背挺得笔直，说起话来给你一种西藏雪雀的感觉。她的声音清脆但不刺耳，就像雪雀。但是她所有小鸟的特质都在这了，没有其他。她长着一双水牛似的大脚，不是非洲那又长又尖的脚，但是暹罗人那种水牛式的大脚，脚宽似雪松，重重地踏在一艘香港平底帆船的前甲板上。是的，米尔德丽德就是一个混合体……

总的来说，你的散文体小说应该有时间跨度，色彩斑斓，结构缜密（具体而明确，不是泛泛之谈）；能够传递一种动作感；能够调动七种感官——听觉、视觉、触觉、味觉、嗅觉、心灵感、幽默感。

8 修改：最后的煎熬

为什么要修改，以及修改什么

威廉·C·诺特在《小说的技艺》中说过，“修改”就像“一场与魔鬼的搏斗”，这是“无法逃避的，因为几乎每个人都能写东西，但是只有作家知道如何修改，只有这种能力才能使业余作家提升为专业作家”。

任何教过创意写作这门课的人都知道，诺特先生的说法是完全正确的。

你现在阅读的这本书展示的就是写一本劲爆小说的策略。你从一个最初的想法开始，萌生的这个想法可能是源于一个人物、一个情节、一个场所，或仅仅是你后脖颈上一种毛骨悚然的感觉。

接下来，你草草写下些许笔记，分析如何将想法编织成故事。比如说，这个原始的想法是关于人物的，一位愚笨的金发女郎，仅此而已。当你在宴会上遇到这个真实的傻瓜时，你被她吸引，想以她作为写作素材。你提出很多设想：如果这个傻瓜爱上了特拉普派修士会怎么样？如果她中了一百万美元的彩票又会怎样？如果她参军了呢？很快，你就会想出核心矛盾。你进行一些人物速写，给他们写成生动的传记，搜寻着小说的前提，然后选定其中诸如“傻人有傻福”之类的一个。然后开始安排进度表。根据进度表，小说的初稿就写出来了。接着是最后一个环节——修改和润色。如果认真地完成这些，你就可以写出劲爆的小说。对吗？然后你可以将作品卖给出版商，得到不少稿费。对吗？

不是的，至少不完全是。

是时候公布真相了。

如果你从未写过一部小说，你会想象那该有多难，然后在心里给它增加上百倍的难度。在有些人看来，写小说比划着浴缸横渡北大西洋还困难。

不是的，如果你是天才或是拥有这方面的天赋，写作就没有那么难。你这样说着。

但其实，如果你是天才或拥有天赋，事情会更艰难。

你也许会说，怎么可能？

原因在于，让作家评估自己所写的内容是极其困难的，除非他们知道初稿的亮点和缺陷，否则不可能将初稿变为成品。那么，为什么说这一环节很艰难呢？

这和人类如何思考有关。当阅读别人的作品时，你很容易看出缺陷、错误和盲点，比如糟糕的人物塑造、错误的比喻等。看某人的初稿时，那些缺点都会跃然纸上，展现在你眼前。如果某个人物没有很好的动机，你很快就能意识到这一点——前提是在别人的书上。你能说出什么书是无聊透顶的——阅读的是别人的书。陈词滥调大量存在于别人的作品中，但是在你自己的作品中，这些都隐而不见。而且，如果你有极高的天赋，甚至是位天才，你将更难发现这些缺陷。为什么？造物主让我们只知道这些，但这样是对的。

在你试着检查自己的作品时，不仅对问题的视而不见会困扰着你。你会不由自主地关心人物，因为他们是你的。但是，你的读者可能不会这么想。在你的眼中，你的人物完美而独特，但是你的读者并不这么认为。你会感同身受，在他们爱情破裂时痛哭、在他们死亡时悲痛，但是你的读者也许只是打个哈欠。

为了成功地完成一部小说，你必须学会客观地看待你的作品，你得学会用批评家的眼光来检查它们。然后，你得能够将你所写的变得更有力度。这就意味着要修剪或删除一些你喜欢的场景，或改变情节、人物、风格、语调、语态和时态。任何需要改动的地方都必须下手，然后对它们再三思考，最后作出修改。

哎，你叹气道。

是的。

当你拿着完成的小说初稿给你妈妈看时，她会很开心地表示她很喜欢，你的哈利叔叔同样会说喜欢。你朋友也会说喜欢，然后打趣地说你将成为百万富翁。但是，他们当中也许有人会看着你的眼睛说："说实话，我认为有点——不知道——

感觉场景有点单调沉闷。”当你想让他们说得更清楚时，他们只是耸耸肩。你也许感到有些不自在，因为他们很可能是对的。好吧，你对自己说，场景有点单调，但是，指的是哪些场景呢？我又该怎么改呢？首先，你必须清醒、客观地评价你的作品。你必须思考你试图达到的结果是否真的在起作用。

解决问题的一个方法是找到一个作家群，征询他们的意见。

作家群——如何有效利用？

作家群体可以随处找到。就像鹅一样，作家也喜欢结群，这是他们的部分天性。基本上有三种作家群：吹捧派、文学派和抨击派。

吹捧派是属于嬉戏的那种，以娱乐为主。无论谁在什么时候读作品，评论总会是这样：“我喜欢这清水出芙蓉的感觉。我爱里面的每一个人物，胜过爱我的母亲。哦，是的，领带上的绿乌龟是一个极好的隐喻。”

这类群体通常喜欢提供巧克力方块蛋糕，很多时候还有参加者们带来的百味餐。作品被阅读和讨论完后，你总会带着即将获得诺贝尔奖的喜悦离开，感觉极好。但是，不幸的是，这类群体比麦卡锡委员会更能毁掉作家。你可以待在那里吃巧克力蛋糕，可以带苏打饼干去参加百味餐会，但是不要让他们读你的文章，即使他们给你钱也不要。奉承不会使你获得任何好处，只会使你误以为存在高度缺陷的初稿已是一篇可以完结的巨作，从而毁灭你的决心。

文学派是很容易识别的。问负责人是否喜欢乔伊斯[①]的《芬尼根的守灵夜》，如果他曾经阅读过前三段，你就能判断这是一个文学群体。这类群体会看你的文章并将其与名著做对比。他们会这样说："噢，你应该读斯米诺夫的《一个疯女人的自白》。"关于存在主义、意象派诗人以及弗洛伊德的典故，你会比之前期望的了解更多。文学群聚会时提供布里奶酪和白酒（那种装在软木塞瓶子里的，绝不会是那种螺旋盖的），这些通常是比较好的。评论总会很尖刻，你会明白像伯莎·麦克福斯那样写作对你一点用都没有。你在这里遇到的这群作家正在写"实验性"散文体小说。但是，关于为什么写实验性散文体小说以及什么是实验性散文体小说，他们中大多数人都不清楚。

抨击派是唯一一个有价值的群体。第一次遇到抨击派时，你会觉得自己陷入了一种新型精神疗法，那些观点会毁灭作者的自尊心。你会听到诸如："嘿，加油，打起精神，你的人物表现得像一群没有男子气的娘娘腔，这些家伙应该是海军陆战

① 即詹姆斯·乔伊斯（James Joyce，1882—1941），爱尔兰作家和诗人，20世纪最重要的作家之一，《芬尼根的守灵夜》是他的一部长部小说。

队队员，而不是理发师!”这就是最好的毁灭性批评。在某些创作工坊，攻击作家是允许的。你会听到“你写的这些乏味的废话决定了你只能是个家庭主妇。滚出这个世界!”或者“这些读起来像是共和党写的文章”，等等。然而，大多数抨击派会限定对作品的批评。他们有众多的幽默感能将你的宝贵文字变成凉拌卷心菜。这是很不错的。要承受这些评论很难，但你不是要在热矿车中轻松炼钢，而是要在鼓风炉里炼。

好吧，起初你会感觉自己要疯了。可能你会哭，或者把自己灌醉，或想用头撞墙。但是，如果聪明的话，接下来你会坐下来厘清评论，并开始自问别人认为哪些地方你没做好。

然而，你必须小心。评论家通常会设法让作者写出他们所希望的。记住你修改的是自己的书，而不是别人的。思考应该怎样改写既不改变自己的初衷，又能回答评论家的问题。如果你在写一个爱情悲剧，不要让评论家说服你去写一个幸福的结尾。相信群体中会有一致的意见，不要让一两个高嗓门成员使你觉得应该改写那些无须修改的地方。询问其他人的想法，如果大多数评论家观点一致，那么你很可能必须修改。

然后等上几天，仔细思考这些评论，琢磨着该怎样改写。和你的评论家讨论，然后努力为之奋斗。需要改动的地方就要毫不留情地改掉，但是不要轻易改动一个词，除非你确信那样做能使原稿更好。

在没有好的作家群的辅助下成长

如果不能找到一个抨击性的作家群，而且你自己既没精力、又没意向去组织自己的群体，这种情况下该怎么办呢？你必须做自己的评论家，并寻求朋友的帮忙。

不管朋友们多么不愿意说真话，让他们实话实说的一个方法是告诉他们文稿是别人写的。告诉他们你是答应一个好友要帮他评论文章，而你又不知道怎么评论，所以你需要帮助。这将会减轻你朋友坚守善良的道德负担。如果知道这是别人的文稿，他们就能畅所欲言、无所顾忌了。

不管你是否已告诉读者草稿是你写的，都要努力让他们说清楚每一个不好的地方，确切地说出他们不喜欢的——比如角色、环境、节奏（太慢、太快）、清晰度，等等。把他们放在证人席上，让他们接受佩里·梅森①式的盘问。不要说你不同意某个评论，让你的评论者说出他们的看法。绝不要为你的作品辩护，那是没意义的，而且只会使评论者犹豫是否继续评论。如果你不同意这个评论，当你坐下修改草稿时，你可以忽略它。你是老板，这是你的小说。

---

① 佩里·梅森，《梅森探案集》中的主人公梅森，就像作者加德纳本人一样，是一位刚正不阿的律师。

如果为评论者提供一张评论要素清单，让他们列举你故事中的哪些要素得到了“最专业的处理”，你将从他们那里得到更多的信息。这张单子可能包含情节、人物刻画、语言使用等。要求你的评论者尽最大可能完成所有的评论，不要遗漏任何一处。如果百分之六七十的单子上有同样的要素排在前面，那么你就知道自己哪些地方做得好，而那些排在最后面的就是你需要集中注意力来对付的。

另一个诊断工具是将你小说中的每一个场景按等级排列在一条兴趣曲线上。让读者帮你给每一个场景打分，分值从 1～10。如果他们对某方面稍感兴趣就给 5 分，对某方面彻底厌烦就打 1 分，完全被吸引就给 10 分。如果所有读者给相同的章节或小节的打分都低于 6 分，你就知道哪个地方该更加努力去修改了。

你也可以在读者读完你的作品后，对他们进行一个“盖洛普民意测验”[①]。要求他们为自己最喜欢的人物、最不喜欢的人物、最好的场景、最差的场景等投票。你还可以要求他们给你复述这个故事，他们遗漏的那些部分的情节很可能就是那些无聊得让读者犯困的部分。

故事的最好分析家大概就是你自己。自我分析是一种博学

① 盖洛普民意测验，美国民意调查机构——美国舆论研究所进行的调查项目之一，因 1935 年由 G. 盖洛普创办该所而得名。

的技能，通过实践你可以成为一位大师。因为在某种程度上这是一种技术活，你还是立即开始实践为好。重读你的草稿，假装那是别人写的。假设它是一个病人，而你是为它诊断病情的医生。一个有效的方法是将你的小说录到录音机里，然后再播放它。用听代替阅读会改变你对小说的理解，也可能暴露小说存在的弊端。你也可以试着从头到尾将小说的故事讲给一个朋友听。你略去的和那些讲述起来笨嘴拙舌的地方能帮助你定位缺陷之处。

如果先将草稿搁置一段时间再去分析的话，你能更容易、更客观地进行分析。三四个月并不算长，有些作者会等上一年。同时，你可以在等待的过程中着手写另一部作品。

关于改写最重要的是你的态度。改写时，你必须毫不留情地删减、修剪和替换。当你在检查某一个场景时，请记住，改写最重要的原则是：如果你怀疑某处很糟糕，那它就是真的糟糕。

自我分析，循序渐进

● 第一个要问自己的问题是：你是否已经证明了自己的前提？如果你想要表明“贪婪带来幸福”，你已经证明这个前提了吗？或者你故事的前提是其他的东西带来幸福，比如幸运？如果是幸运而不是贪婪，你就必须改写书稿来说明是贪婪而不是幸运带来幸福。在开始写作前，你就已经确定这个假定是你坚信的并且值得证明。如果还没有证明它，你必须返回去看看进度表，检查事件，作出必要的改动，以使故事能够证明这个假定。如果你觉得通过这些人物和事实证明不是贪婪带来幸福，而是最后的自我牺牲带来幸福，那么你可以考虑改变你的假定前提，即使故事将要完结也要如此。但是如果真这样做的话，你就必须进行改写，以便证明新的假定。

● 问问自己：是否已经使读者对人物产生共鸣？有没有场景是这样的：富有同情心的人物表现得残酷或愚蠢、或奸诈，从而导致读者丧失同情心？

● 有没有反面人物？他们都表现得淋漓尽致吗？在所有情况下他们都通过了“他真的会”这个测试吗？他们是否妥善地被置于严酷考验中，使其无法摆脱矛盾？他们有支配性情绪吗？他们是动机性强、果断、坚定的吗？你避免了刻板印象吗？

● 重要的人物应该从一个极端发展到另一个极端，你的故事是这样吗？

● 你已经使人物陷入不断激化的矛盾中了吗？这些矛盾曾经是静态的吗？它们有时跳跃发展吗？

● 这些矛盾都被充分化解并给人一种完整感了吗？你是否让读者感知到整个故事已经讲完？

● 这些场景和事件变化了吗？重复是否被避免了？

● 故事开始在正确的地点吗？你是不是将故事开展得太早，以致太长一段时间后矛盾才升华？还是开始得太晚，读者还没来得及了解人物就被带入不断激化的矛盾中？

● 故事的事件发展是否一个紧接着另一个？读者能不能清楚地跟上事件发展的先后顺序？

● 故事高潮是创新的吗？是否令人满意？在高潮—化解时是否有出奇制胜感？高潮—化解是否被利用来产生强有力的情感风暴？

● 有没有诗意的正义或是讽刺性的诗文？如果没有，能用上吗？

● 故事展现了重要人物的多面性吗？多样的情绪状态是否被挖掘出来了？故事结尾时，人物都被充分展现了吗？

● 是否有反高潮的事件？如果有，就得删除。

● 思考你选用的叙事声音是否合适。使人厌烦难受吗？唠叨吗？换一种视角对故事的叙述有帮助吗？

● 所有的倒叙都完全有必要吗？

● 你是否逃避了那些应该被利用的冲突？是不是所有的重要情节都被全面描述了？

● 在可能的情况下，矛盾是否有合适的生命象征符号来象征？

● 检查每一个场景。是否有不断激化的矛盾？它是否尽可能地激动人心了？如果删除不会有不好的影响，就应该把它删掉。

● 检查每一行对话。是否存在矛盾？是否有助于人物刻画？是否促进了故事发展？是否新奇？是否丰富多彩？这是不是人物说出的最智慧的话？

● 作品是否具有感官性，能唤起味觉、嗅觉、听觉、视觉、触觉以及第六感或者心灵感应——直觉吗？有机会来点幽默吗？该用主动语态的时候是不是用了被动语态？最好用更主动的动词时，是不是用了其他方式表达？写作是否具体、明确，而不是泛泛而谈？作品是否有时间跨度和质感？作品是确信而有说服力的，还是蹩脚而苍白无力的？

据说欧内斯特·海明威修改小说中的场景通常多达三四十次，直到他自己满意为止。评论家说海明威是个天才。到底是天赋促使他努力工作，还是努力工作成就了他的天才式作品呢？

9 小说写作之道

成为小说家

如果你上的是牙科学校的话，会在课程结束后参加一场全国性考试。一旦通过了这场考试，你就会获得从事牙医工作的许可证。为了通过这次考试，你必须已经参加了密集的课程学习，在人们的口腔里完成数千个小时受监督的实践工作，参加无数次考试，以及花费大把金钱。完成这些任务后，你就会被称作“医生”，经过一系列训练，你不停地填补牙洞，营业额不断上涨，你将福杯满溢。如果你成为这一领域的翘楚，然后在等候室里放着轻音乐，你的接待员拥有充满同情的微笑和抚慰人心灵的声音，你可能会成为富翁。

通过所学的课程，你会从普通市民转变为牙科医生。你甚至开始觉得自己不只是一个普通市民。当有人问你是谁时，你会回答：“山姆·斯穆特，牙科医生。”

小说写作不同于当牙医，没有可供你学习的课程，并在学完后说上一句“我是小说家”。你可以在创意写作方面获得硕士学位，或者在现代小说方面获得博士学位，但是这也不能使你成为一位真正的小说家。要想成为小说家，你就不得不出版小说。

一个未出版过小说的小说家得到的社会认同就如家庭主妇得到的认同一样少。如果你的这些消息传开的话，你的朋友都会窃笑你，邻居会私下里谈论你；你的叔叔艾伯特会设法说服你成为脊椎推拿治疗师，你的阿姨贝塞斯达会把你叫到身边给你讲解严酷的现实和成年人的责任；你的债权人会接踵而至；你的母亲会深表同情，但深夜她会伤心落泪，反省自己是否什么地方做错了。

这是生活中的可悲事实，但是为了成为一个名副其实的小说家，你必须拥有那项由出版商授予的荣誉。请记住：每一只鸟起初都是鸟蛋，每一个成功的小说家开始都没有作品——即便是最杰出的那一类，包括欧内斯特·海明威、列夫·托尔斯泰、弗吉尼亚·伍尔芙和詹姆斯·乔伊斯。

这里有一些策略可以避免因宣布自己是未来的小说家而带来耻辱。方法之一是告诉别人你是个作家，但不要承认你正在写的是小说。假设你正在写的是一部谋杀悬疑剧，受害者是一个妓女，凶手是一个大学教授，你可以告诉任何人你写的是一本关于性规范和性道德的学术书籍。这听起来是一本非虚构书籍的不错主题。你朋友将会被打动。当一个非虚构作家还是不错的，因为非虚构作家被认为是重视实际的人，他们认真地对待生活。另外，普遍被认为——也许有某种正当理由——任何能准确拼写的人都可以写非虚构书籍，所以没有人会怀疑你作品的价值。

另一个掩饰你试图写小说的方法是在某处参加文学学位项

目，但只上一些简单的课程。只要你做的这些看起来像是为了学位的话，没人会问你关在房间里从早到晚在忙些什么。如果他们问你为什么如此专注地坐在打字机前，你可以告诉他们，你正在写一篇论文。这样大家都觉得合情合理了。

有些小说家开始着手写作时完全是保密的。这些“隐蔽的”小说家不会告诉任何人，他们把文稿藏在冷柜后面。他们用于写，没人会听到打字机噼啪响的按键声。甚至没人知道隐蔽小说家会看小说，更不用说写小说了。他们的配偶可能会认为他们藏了个情人在地下室或车库，或者在任何他们写作的地方。

所有这些方法都会起作用。可供选择的另一种类型是有点粗暴的约翰·韦恩式解决方案。约翰·韦恩式解决方案是这样的：咬紧牙关，晃动你的后脚跟，双手叉腰，拇指伸进腰带，然后说：“朝圣者，我正在写小说，如果你要这样假笑，我会用拳头伺候你。”

你知道该选择哪种方法。

什么最重要——那并不是天赋

除了小说家，我们每个人都还有其他身份，但是如果在你内心深处不觉得自己是小说家，你就只是一个业余爱好者，不需要为如何成为小说家而发愁。作为一位小说家，不只是阅读一本写作技能书籍，然后在打字机上胡乱地将白纸打上点墨迹那么简单。如果罗列一个人能成为小说家的品质，你会把什么放在首位呢？大学教育？查尔斯·狄更斯、简·奥斯汀、勃朗特姐妹、丹尼尔·笛福从未上过大学，许多现代作家也没有：欧内斯特·海明威、杜鲁门·卡波特、达希尔·哈米特、安布罗斯·比尔斯、薇拉·凯瑟。以上所列只是其中的少数几个。

天赋重要吗？如果参加过全国作家会议和写作工坊，你会发现美国从不缺有天赋的人。大多数人只要用心去写，都能写出有说服力的句子和新鲜的比喻。许多人还能创造有趣的人物、让你惊叹不已的活泼对话。有些人还能在没阅读过相关书籍的情况下讲出令人赞不绝口的故事。在看他们新近未加工的作品时，你会心跳不已，感觉自己发现了一个天才。

但是他们当中大多数人拥有很高的天赋，却没能成为小说家。为什么呢？因为他们缺乏那些真正必要的条件：自我训练、顽强的决心、坚韧不拔的毅力。天赋只会带来阻碍，因为如果拥有天赋，你就会认为写小说很容易，而事实绝非如此，不管你拥有多少天赋。

写一本小说要花费很多时间，耗费许多情感和心力。通常情况下，和朋友或爱人在一起的时间会被写作占用。很少有小说家打高尔夫球、保龄球或看许多电视。写小说就像吸毒，会占有你的全部。

在《小说的技艺》一书中，威廉·C·诺特提出一个疑问："需要投入多少?"他的答案是：

> 你必须做到这种投入，即有效地将生命中所有的精力和兴趣都用于磨炼写作技巧。

有些事会发生在绝大多数想写小说的人身上。

他们带着模糊的梦想开始。他们阅读作家的生平：海明威在波斯湾捕鱼，福克纳在好莱坞酗酒、在百老汇参加狂野派对、进行性爱狂欢、吸毒、和富翁名流鬼混。这些资料大多数是被出版社的营销部门凭空设想出来，被那些希望通过传奇化主人公的生活使自己的书更畅销的学术性传记作家美化了。如果你想阅读一些真正具有创意的文学，那就读关于艾米丽·狄金森性生活的传记吧。没有开玩笑，真有人在写这类书。

事实上，大多数作家过着一种相当单调的生活。他们花了大多数时间躲在地下室或阁楼里，用电脑写作和修改，像狂想症患者一样过分猜疑公众可能会觉得他们完成的作品愚蠢、陈腐或者乏味。有些作家偶尔参加聚会，但是在聚会上他们思考的还是他们的创作。他们认为其他人都希望他们是机智的、知识渊博的，于是通常保持沉默，除非实在忍不住，因为他们说的任何话都会被衡量、被判断或是被错误地引用。

事情是这样的：创作本身并不充满刺激、令人兴奋或充满浪漫色彩。这是一项艰难的工作。确实，报酬很高，但是极其不易。

这也同时是一个孤独的过程，是一场与自己的创新能力及自我怀疑之间的斗争。有时候你文思泉涌，就像快速坍塌的峡谷一样来势凶猛；其他时候，你的脑袋像是一整块混凝土，你挤不出半点东西；有时候，重读自己写过的东西，你会觉得你养的狗都能比自己写得更好；还有些时候，你会觉得自己所写的简直是天才之作，超出你最强烈的期望，但你把它拿给经纪人看时，他却建议你也许该尝试写关于护士罗曼史的题材。

怪不得，作家的自杀率居高不下。

小说创作之算术或完成小说需要多少时间，即使已宿醉，仍坚持不懈

任何作家，任何类型的作家，都会写某种类型的进度表来规划小说创作步骤。数字与你同在。例如，你有份工作，一天八个小时悲惨的上班时间，一个星期工作五天。每天一个半小时的通勤时间，一小时午餐时间。你整天做着令人厌烦的小玩意。回家时你已经非常疲惫，只有一小会儿时间和配偶甜蜜，每晚还得睡上八小时。你还得购物、去干洗店、去银行，每年还得看两次牙医，那么还能剩下什么呢？对于普通美国公民来讲，一周还剩下 40 小时的时间来看电视。如果你比较艰难，一周就只有 20 小时看电视的时间。好吧，如果砍掉看电视的

时间（这种活动对你没一点儿好处），你就可以在一年内写一部小说，把它完稿，并作好准备交给出版社。在 30 岁到 70 岁之间，你可以写 39 部小说，成为最多产的作家之一。我可以从世界历史记载中数出五个写了 39 部小说的作者。没有那么多，对吗？海明威写了多少？十部？托尔斯泰，四部还是五部？

39 部小说？你也许会说，不行，我无法完成。听着：如果认真埋头苦干的话，你一小时至少可以打出两页草稿。一个慢吞吞的人一小时都能写两页。有些作家每小时能写 10～12 页。假如你慢，一小时写两页就是你的极限。好吧，按一周 40 页算的话，172 页的传记和进度表就只需一个月的时间（每小时 2 页×每周 20 小时×4.3 周＝172 页）。现在开始写你的初稿，假如要写的是一本 400 页的书，初稿会花费 10 周（每小时 2 页×每周 20 小时×10 周＝400 页）。你可以在 14.3 周完成传记、进度表和初稿。现在必须写第二稿：又得 10 周。第三稿时还是 10 周。在一年的第 34.3 周时，你开始准备润色。为了使作品更完美，你花上两个月或者 8.6 周的时间来润色。总共的时间是 42.9 周：34.3 周写传记、进度表和三稿，加上 8.6 周润色的时间。现在这一年还剩 9.1 周的时间，你可以去夏威夷度假。

当然，不是所有的作家都打草稿。完美主义者在写下每一个音节时都会再三考虑。他们可能两三个小时只能完成一页的写作，但那是极好的一页。一周之内，10～12 页是他们的极限。他们的作品不需要太多修改，也许只需要一点润色。一年内就能写 500 多页。一年半的时间，完美主义者能够写出一部杰作，尽管他写的东西一半都扔进了垃圾桶。15 年的时间，可以有 10 部巨作。甚至，一个完美主义者能够成为像狄更斯那样多产的作家。

下次如果有人告诉你，他们想写作，但是没有时间，你可以问问他们看电视花费了多长时间。

完成一篇小说的秘诀是规律性。每天都要坚持在同一时间写作。你必须对在那个时段的所有其他事情、所有干扰你创作的事情说“不”。没有电话、没有邻居拜访、没有其他一切事情；你无法在人流攒动的鸡尾酒会间写作；如果有人来电，可以使用自动回复模式；如果有个很棒的电影正在播放，对不起，你得另找时间看；如果金鱼死了，你也空不出时间去参加葬礼；即使是宿醉，也不是借口。创作的流水线必须继续，不能停顿。

有些作家不怎么按进度办事，他们仅仅设定最终出稿目标。比如，他们有时候一天或一个时段写 1 200 字。无所谓，没关系。只要你能完成自己的计划，完成所有页数就好。

灵感丧失时，你该怎么办？

作家会出现思维瓶颈，这时有发生。有时候，你坐在老式打字机前，手指放在键盘上，脑袋里却什么也想不出，一片空白，什么也没有。这种情况下，你的行为将你与那些声称“我将要写一本书”的人区分开来。

当发现自己不能继续写下去时，不要惊慌。胆怯的人会惊慌失措，跑到最近的酒吧，希望通过酒精来疏通创作思路。这会起作用，但是运动神经失控将不利于写作。酒醉时写的东西几乎都得扔掉。这种情况同样类似于吸大麻和追求速度。当然，埃德加·爱伦·坡①是在酩酊大醉时写作，但是四十岁时，他带着一身酒味，语无伦次地死去。何况，他只是个例外。詹姆士·A·密契纳②写作时不喝酒，他在清醒时创作。他过了 80 岁高龄仍创作出大量劲爆小说。

如果你真的思路受阻，最重要的是记住，作家都会经历瓶颈期，这没有什么好担心的。你要做的就是让这些刺激因素消失。你可以重新打出自己已经写好的内容，从而起到热身的作

① 埃德加·爱伦·坡（Edgar Allan Poe，1809—1849），美国作家、诗人、编辑与文学评论家，被尊崇为美国浪漫主义运动重要人物之一，以悬疑、惊悚小说最负盛名。

② 詹姆士·A·密契纳（James A. Michener，1907—1997），美国作家，著有 40 多部作品。

用。也可以放热门音乐，这也许有帮助。大声朗读自己已经写好的，有时也管用。不管做什么，只要别推迟写作就行。继续敲打键盘，即使写出的是官样文章也行。只要坚持写，你就会度过写作的瓶颈期。如果离开打字机，你永远也无法走出瓶颈，而且在下一次瓶颈到来时更容易重蹈覆辙。

不要将其他影响创作的情绪状态，如愤怒、悲伤、病痛、懒惰、性兴奋等，与作家的瓶颈期混淆。真正的作家瓶颈期有四个基本原因：对你的人物不够了解，试图将编辑和写作同时进行，害怕失败，害怕成功。

一旦你开始起草小说，人物就会有自己的生命和意愿。一个你不够了解的人物可能会在你尝试让他做某些不符合他本意的事情时出现反抗。比如，你在进度表上安排了某个人物在故事发展的某个场景去偷钱。你开始写这个场景，但是这个人物拒绝拿着枪走进银行。如果已经塑造出的人物和你想要塑造的人物不同，你就很难让这些人物按照你的意愿做事。你的人物简直就不会行动了。你无法让他们说任何话，这就像是你的思维便秘，然后你就会产生恐慌。这是第一种作家瓶颈期。

当遇到第一种作家瓶颈期时，你首先要做的就是认识并分析你笔下的人物，找出他们是否因为你正试图让他们做不合适的事而拒绝行动。你可能不得不给他们提供一个更强的动机，或者不得不改变自己的进度安排表。任何一种方式下，一旦你苦心钻研人物，解决方案都会清晰起来，你就可以继续创作，瓶颈期也会消失。

试图将编辑和写作同时进行将产生第二种作家瓶颈期。写作时，你必须完成初稿，不要去纠结每个字是否都写对了。草稿并不需要完美，这只是一份初稿。

之后，在修改阶段，你会成为完美主义者，检查每一个字，不断问自己是否觉得它很糟糕。当你在打草稿时，一下笔就会清楚地看到错误。这种情况通常会使一些作家发疯，他们想立刻加以修正。结果是，他们对什么都不满意。于是，写作过程停止了。很快，他们写什么都要经过深思熟虑。刚刚修改过，他们又会马上重新修改。于是，他们产生了一种恐惧，认为自己再也写不出漂亮的、无瑕疵的东西，他们因无法写出一个字而停笔。

解决这个问题的办法是如果你用的是电脑软件，你可以在写作时关闭显示器，或者如果你采取的是手写或打字机，你可以把灯关上。在没有完成最后一页之前，不要看任何你写好的东西，坚持一段时间。尝试一下这种方法，第二种作家瓶颈期就会消失。

害怕失败会产生第三种作家瓶颈期。这种情况通常发生在文稿快完成时，此时作者展望未来，感觉等待他的将是一纸退稿信。作者极其厌恶被拒绝或被忽略，至少潜意识里是这样的，以致写作就停在最后一章中间的某个地方。

第三种作者瓶颈期可以通过大喊大叫来解决。以最大的声音呼喊“没有什么可以阻止我，不管有多少该死的退稿信”。就好像打字机或电脑出错时，你对着它大吼一样，尽情发泄。这样你就又可以回到原来的写作状态上。

害怕成功是第四种瓶颈期，这种瓶颈期更加不容易解决。你想知道到底为什么有人害怕成功，因为这听起来似乎有点可笑。

当你成功时，奇怪的事情就会接踵而至。你的另一半会认为你有趣，那些还未成功的朋友会嫉妒你，陌生人会议论你。每个人都要问你在哪儿得到的灵感，挣了多少钱，现在正在写什么。他们还会向你打听他们喜欢的作者，如果你回答说没有读过这些人的作品，他们就会觉得你很愚蠢，因为在他们看来那些作者要比你好上十倍。你怎么能没上过约翰尼·卡森①的节目？为什么《时代周刊》和《纽约时报》没有评论过你的作品呢？你会成为人们关注的焦点，这有什么不对吗？

一些心理学家认为，在美国最大的恐惧是站在一群人面前讲话。人们的这种害怕超过了对死亡的恐惧。为什么呢？因为人们害怕被关注，害怕成为满屋子人的焦点。一个成功的作者

---

① 约翰尼·卡森（Johnny Garson，1925—2005），被誉为“深宵节目之王”，他的深宵访谈节目在巅峰时期每晚有大概 1 000～1 500 万观众收看。

是被注视的，经常是满屋子人关注的焦点。一个还没成功的作者带着恐惧看着眼前这一切，这就激起了第四种作者瓶颈期。

如果害怕成功，你可以翻到草稿第一页，将另一个名字写在上面，即用一个笔名，许多作者都这样干。你可能住在《纽约时报》畅销书排行榜榜首作家的隔壁，但对此你毫不知情。没有理由害怕成名。你可以成为一个作家，并且通过所有考验。

第五种作家瓶颈期是由以上两种或更多类型混合造成的。你必须坚持寻找解决方法，直到找到它们正确的混合类型。有时你甚至需要看心理医生。

创作完成后该做什么？

当小说写完时，你就会知道该怎么做。每次读已经写好的草稿，你都会觉得很不好。你明白对某一处的进一步改动会带动其他处的变化；那样做不会带来更好的效果，只不过是不同的内容。

现在要做的是找一个懂编辑的人加工一下，然后专业地打出来。准备和邮寄手稿是有标准的，这些你可以在当地图书馆的一些书籍中找到。最有名的是每年在《作家文摘》上推出的“作家市场”。要确保按照标准准备，这是无法取巧的。

你现在的工作是去找一个经纪人。如果你写的是一部畅销书，你就可以找到经纪人。即使你写的书稿还不畅销但存在畅销的可能性，也能够找到一个经纪人。寻找经纪人的方法如下：

首先，借助写作圈的朋友。如果他们有经纪人的话，就找他们推荐。如果找不到推荐的经纪人，你可以从图书馆找到所有知名的经纪人。给这些经纪人写信，附带一份简要的作品摘要、一份样章、一封密封的介绍自己的信、你的教育背景、任何之前发表的作品（包括非虚构作品）以及相关小说写作培训经历——包括你参加过的创作班及所学课程。同时寄上一封写有自己地址、贴好邮票的回邮信封。

当经纪人表示感兴趣时，你应该打电话告诉他们，如果能得到确切的消息，你就不会将书稿寄给其他经纪人。公平地对待经纪人，他们通常也会公平地对待你。一次只联系一个经纪人。同意给他们书稿，只要他们承诺快速阅读。如果一个经纪人保留你的书稿超过一个月，坚决要求他快速阅读，或者让他将书稿退回来。

一旦找好了经纪人后，让经纪人负责销售作品，相互达成协定，签订合约，然后你要持续跟踪版税事宜。这个时候你就可以忙下一部作品了。

参考文献

ARISTOTLE. "The Poetics" in *The Basic Works of Aristotle*. Edited by Richard McKeon. New York: Random House, 1941.

BAKER, GEORGE. *Dramatic Technique*. New York: Houghton Mifflin, 1919.

DICKENS, CHARLES. *A Christmas Carol*. New York: Simon and Schuster, 1939.

EGRI, LAJOS. *The Art of Dramatic Writing*. New York: Simon and Schuster, 1946.

FLAUBERT, GUSTAVE. *Madame Bovary*. Translated by Lowell Bair. New York: Bantam Books, 1959.

FOSTER-HARRIS, WILLIAM. *The Basic Formulas of Fiction*. Norman: University of Oklahoma Press, 1944.

———. *The Basic Patterns of Plot*. Norman: University of Oklahoma Press, 1959.

FREYTAG, GUSTAV. *Technique of the Drama*. Chicago: Scott, Foresman and Company, 1894.

HEMINGWAY, ERNEST. *The Old Man and the Sea*. New York: Charles Scribner's Sons, 1952.

HULL, RAYMOND. *How to Write a Play*. Cincinnati: Writer's Digest Books, 1983.

KESEY, KEN. *One Flew over the Cuckoo's Nest*. New York: Viking Press, 1962.

KNOTT, WILLIAM C. *The Craft of Fiction*. Reston: Reston Publishing Co., 1977.

LE CARRE, JOHN. *The Spy Who Came in from the Cold*. New York: Dell Publishing Co., 1965.

MACGOWAN, KENNETH. *A Primer of Playwriting*. New York: Randon House, 1951.

MALEVINSKY, MOSES L. *The Science of Playwriting*. New York: Brentano's Publishers, 1925.

NABOKOV, VLADIMIR. *Lolita*. New York: G.P. Putnam's Sons, 1955.

ORVIS, MARY BURCHARD. *The Art of Writing Fiction*. New York: Prentice-Hall, 1948.

OWEN, JEAN Z. *Professional Fiction Writing: a Practical Guide to Modern Techniques*. Boston: The Writer, Inc., 1974.

PECK, ROBERT NEWTON. *Fiction Is Folks*. Cincinnati: Writer's Digest Books, 1983.

PRICE, W. T. *The Analysis of Play Construction and Dramatic Principle*. New York: W. T. Price, Publisher, 1908.

PUZO, MARIO. *The Godfather*. New York: G. P. Putnam's Sons, 1969.

创意写作书系

这是一套广受读者喜爱的写作丛书，系统引进国外创意写作成果，推动本土化发展。它为读者提供了一把通往作家之路的钥匙，帮助读者克服写作障碍，学习写作技巧，规划写作生涯。从开始写，到写得更好，都可以使用这套书。

综合写作		
书名	作者	出版日期
成为作家	多萝西娅·布兰德	2011 年 1 月
一年通往作家路——提高写作技巧的 12 堂课	苏珊·M. 蒂贝尔吉安	2013 年 5 月
创意写作大师课	于尔根·沃尔夫	2013 年 6 月
渴望写作——创意写作的五把钥匙	格雷姆·哈珀	2022 年 6 月
与逝者协商——布克奖得主玛格丽特·阿特伍德谈写作	玛格丽特·阿特伍德	2019 年 10 月
心灵旷野——活出作家人生	纳塔莉·戈德堡	2018 年 2 月
诗性的寻找——文学作品的创作与欣赏	刁克利	2013 年 10 月
从创意到畅销书——修改与自我编辑	詹姆斯·斯科特·贝尔	2016 年 1 月
来稿恕难录用——为什么你总是被退稿	杰西卡·佩奇·莫雷尔	2018 年 1 月
虚构写作		
小说写作教程——虚构文学速成全攻略	杰里·克里弗	2011 年 1 月
开始写吧！——虚构文学创作	雪莉·艾利斯	2011 年 1 月
冲突与悬念——小说创作的要素	詹姆斯·斯科特·贝尔	2014 年 6 月
情节与人物——找到伟大小说的平衡点	杰夫·格尔克	2014 年 6 月
人物与视角——小说创作的要素	奥森·斯科特·卡德	2019 年 3 月
经典人物原型 45 种——创造独特角色的神话模型（第三版）	维多利亚·林恩·施密特	2014 年 6 月
情节线——通过悬念、故事策略与结构吸引你的读者	简·K. 克莱兰	2022 年 3 月
经典情节 20 种（第二版）	罗纳德·B. 托比亚斯	2015 年 4 月
情节！情节！——通过人物、悬念与冲突赋予故事生命力	诺亚·卢克曼	2012 年 7 月
如何创作炫人耳目的对话	詹姆斯·斯科特·贝尔	2016 年 11 月
超级结构——解锁故事能量的钥匙	詹姆斯·斯科特·贝尔	2019 年 6 月
故事工程——掌握成功写作的六大核心技能	拉里·布鲁克斯	2014 年 6 月
故事力学——掌握故事创作的内在动力	拉里·布鲁克斯	2016 年 3 月
畅销书写作技巧	德怀特·V. 斯温	2013 年 1 月
30 天写小说	克里斯·巴蒂	2013 年 5 月
从生活到小说（第二版）	罗宾·赫姆利	2018 年 1 月

虚构写作		
小说创作谈	大卫·姚斯	2016 年 11 月
写小说的艺术	安德鲁·考恩	2015 年 10 月
成为小说家	约翰·加德纳	2016 年 11 月
小说的艺术	约翰·加德纳	2021 年 7 月
非虚构写作		
开始写吧！——非虚构文学创作	雪莉·艾利斯	2011 年 1 月
写作法宝——非虚构写作指南	威廉·津瑟	2013 年 9 月
故事技巧——叙事性非虚构文学写作指南	杰克·哈特	2012 年 7 月
光与热——新一代媒体人不可不知的新闻法则	迈克·华莱士	2017 年 3 月
自我与面具——回忆录写作的艺术	玛丽·卡尔	2017 年 10 月
写出心灵深处的故事——非虚构创作指南	李华	2014 年 1 月
写我人生诗	塞琪·科恩	2014 年 10 月
类型及影视写作		
金牌编剧——美剧编剧访谈录	克里斯蒂娜·卡拉斯	2022 年 3 月
开始写吧！——影视剧本创作	雪莉·艾利斯	2012 年 7 月
开始写吧！——科幻、奇幻、惊悚小说创作	劳丽·拉姆森	2016 年 1 月
开始写吧！——推理小说创作	劳丽·拉姆森	2016 年 7 月
弗雷的小说写作坊——悬疑小说创作指导	詹姆斯·N. 弗雷	2015 年 10 月
好剧本如何讲故事	罗伯·托宾	2015 年 3 月
经典电影如何讲故事	许道军	2021 年 5 月
童书写作指南	玛丽·科尔	2018 年 7 月
网络文学创作原理	王祥	2015 年 4 月
写作教学		
剑桥创意写作导论	大卫·莫利	2022 年 6 月
小说写作——叙事技巧指南（第十版）	珍妮特·伯罗薇	2021 年 6 月
你的写作教练（第二版）	于尔根·沃尔夫	2014 年 1 月
创意写作教学——实用方法 50 例	伊莱恩·沃尔克	2014 年 3 月
创意写作思维训练	丁伯慧	2022 年 6 月
故事工坊（修订版）	许道军	2022 年 1 月
大学创意写作·文学写作篇	葛红兵 许道军	2017 年 4 月
大学创意写作·应用写作篇	葛红兵 许道军	2017 年 10 月
小说创作技能拓展	陈鸣	2016 年 4 月
青少年写作		
会写作的大脑 1——梵高和面包车（修订版）	邦妮·纽鲍尔	2018 年 7 月
会写作的大脑 2——怪物大碰撞（修订版）	邦妮·纽鲍尔	2018 年 7 月
会写作的大脑 3——33 个我（修订版）	邦妮·纽鲍尔	2018 年 7 月
会写作的大脑 4——亲爱的日记（修订版）	邦妮·纽鲍尔	2018 年 7 月
奇妙的创意写作——让你的故事和诗飞起来	卡伦·本基	2019 年 3 月
成为小作家	李君	2020 年 12 月
写作魔法书——让故事飞起来	加尔·卡尔森·莱文	2014 年 6 月
写作魔法书——28 个创意写作练习，让你玩转写作（修订版）	白铅笔	2019 年 6 月
写作大冒险——惊喜不断的创作之旅	凯伦·本克	2018 年 10 月
小作家手册——故事在身边	维多利亚·汉利	2019 年 2 月
北大附中创意写作课	李韧	2020 年 1 月
北大附中说理写作课	李亦辰	2019 年 12 月

创意写作课程平台

从入门到进阶多种选择，写作路上助你一臂之力

【品牌课程】叶伟民故事写作营

故事，从这里开始。

如果你有一个故事创意，想要把它写出来；

如果你有一个故事半成品，想要把它改得更好；

如果你在写作中遇到瓶颈，苦于无法向前一步；

如果你想找一群爱写作的小伙伴，写作路上报团取暖——

加入“叶伟民故事写作营”，让写作导师为你一路保驾护航。

资深写作导师、媒体人、非虚构写作者叶伟民，帮助你实现从零到一的跨越，将一个故事想法写成一个完整的故事，继而迈出从一到无限可能的重要一步。

【写作练习】“开始写吧！——21天疯狂写作营”

开始写吧！——21天疯狂写作营，每年招新，专治各种“写不出来”。

你有没有遇到过这样的情况：

拿起笔来，或是把手放到键盘上，这时大脑变得一片空白，一个字也写不出来？

或者，写着写着，突然就没有灵感了？

或者，你喜欢写作和阅读，但就是无法坚持每天写？

再或者，你感觉写作路上形单影只，找不到志同道合的小伙伴？

“开始写吧！——21天疯狂写作营”为你提供一个可以每天打卡疯狂写作的地方。

依托“创意写作书系”里的海量资源，班主任每天发布一个写作练习，让你锻炼强大的写作肌。

★ ★ ★

写作营每年招新，课程滚动更新，可扫描右侧二维码了解最新写作营及课程信息，或关注“创意写作坊”公众号（见本书后折口），随时获取课程信息。

创意写作课程平台

图书在版编目（CIP）数据

弗雷的小说写作坊．劲爆小说秘境游走/（美）弗雷（Frey，J. N.）著；许峰译．—北京：中国人民大学出版社，2015.5

（创意写作书系）

ISBN 978-7-300-21163-3

Ⅰ.①弗…　Ⅱ.①弗…②许…　Ⅲ.①小说创作-创作方法　Ⅳ.①I054

中国版本图书馆 CIP 数据核字（2015）第 078417 号

创意写作书系

弗雷的小说写作坊

劲爆小说秘境游走

[美] 詹姆斯・N. 弗雷　著

许峰　译

Fulei de Xiaoshuo Xiezuofang

出版发行	中国人民大学出版社		
社　　址	北京中关村大街 31 号	**邮政编码**	100080
电　　话	010－62511242（总编室）		010－62511770（质管部）
	010－82501766（邮购部）		010－62514148（门市部）
	010－62515195（发行公司）		010－62515275（盗版举报）
网　　址	http://www.crup.com.cn		
经　　销	新华书店		
印　　刷	北京联兴盛业印刷股份有限公司		
规　　格	145 mm×210 mm　32 开本	**版　　次**	2015 年 7 月第 1 版
印　　张	7.875 插页 2	**印　　次**	2022 年 11 月第 3 次印刷
字　　数	125 000	**定　　价**	45.00 元